AF176422

Petra Weise

Gruberhof - Unglückshof

Roman

Bibliografische Information der Deutschen Nationalbibliothek
Die Deutsche Nationalbibliothek verzeichnet diese Publikation in der
Deutschen Nationalbibliografie; detaillierte bibliografische Daten sind im
Internet über http://dnb.dnb.de abrufbar

© 2022 Petra Weise, Chemnitz
www.autorinpetraweise.de

Titelbild: Petra Weise
Herstellung und Verlag: BoD – Books on Demand
Norderstedt

ISBN 9-783756-201525

Glück und Unglück
sind zwei Zustände,
deren äußerste Grenzen wir nicht
kennen.

John Locke

Denn im Unglück
pflegen die Menschen früher zu altern.

Hesiod

Inhalt

Vorrede

1960 wurde ich auf dem Gruberhof geboren wie schon zuvor mein Vater und dessen Vater. Der Hof ist alt und klein und liegt in der Nähe von Passau. Jetzt bin ich zweiundvierzig Jahre alt. Das ist nicht wirklich alt, aber ich fühle mich alt, denn in mir gibt es keine Freude. Vor allem ist es zu spät; für alles. Mich erdrückt die Last meiner Erinnerungen, die ich von Tag zu Tag weniger ertrage. Damals, als all das Unheil über meine Familie kam, habe ich funktioniert und jeden Tag meine Arbeit gemacht, denn es hätte nichts geändert. Tote werden nicht wieder lebendig. Besser ist es, man vergisst das, was man nicht mehr hat und konzentriert sich nur auf das, was man tun muss.

Heute habe ich keine Verantwortung mehr, nur noch für mich. Und genau das halte ich nicht aus. Zwar verstehe ich inzwischen vieles von dem, was ich lernen musste, aber ich weiß nicht, was ich heute anders machen würde, anders machen könnte. Damals konnte ich das nicht. Es heißt: Man muss das Vergangene hinter sich lassen. Anders geht es nicht.

Nur vergessen kann ich nicht.

Ich bedaure, keine Fotoalben zu haben wie andere Leute. Fotos waren damals nicht üblich und ich wäre nie auf die Idee gekommen, mir einen Fotoapparat zu kaufen. Für solchen Unsinn war kein Geld da. Heute würde ich mir gern Erinnerungen ansehen und mich daran erfreuen oder traurig werden – je nachdem. Von Sofie, Max, Ferdinand und Peter besitze ich nur die Fotos, die in der Schule gemacht wurden, von Ludwig, meinem Bruder Detlef und unseren Eltern kein einziges.

Mit Detlef habe ich geschmust. Ihn schaukelte ich in meinen Armen, küsste und herzte ihn. Bei meinen Kindern tat ich das nicht, obwohl ich sie liebte. Aber ich weiß nicht, ob sie mich liebten. Mich selbst liebe ich nicht. Wenn nicht einmal mein Vater mich lieben konnte, wird es wohl Gründe dafür geben. Vielleicht hat mich später mein Mann geliebt, auf seine Art, denn gesagt hat er es nie.

Ich war keine gute Mutter, jedenfalls nicht im Vergleich zu den heutigen Müttern. Heute dreht sich die Welt um jedes einzelne Kind. Damals hatte ich keine Zeit, mit den Kindern zu spielen, und es war auch nicht üblich. Die Arbeit im Haus musste getan werden und war um einiges anstrengender als heute. Auch das Kochen brauchte viel mehr Zeit als heute, zumal ich anfangs nur einen Herd hatte, den ich erst anfeuern musste. Erst viele Jahre später erleichterte mir ein Gasherd die Arbeit, ganz zu schweigen von der Waschmaschine.

Als ich jung war, glaubte ich noch daran, dass alles wieder gut wird, alles, was so furchtbar schiefgelaufen war und all das Tragische, was Jahr für Jahr passierte. Aber nichts wurde wieder gut, alles wurde nur noch schlimmer. Denn auf dem Gruberhof liegt ein böser Fluch. Anders kann ich mir all das Leid und Unglück in meinem Leben nicht erklären.
Heute kann ich meine Geschichte erzählen, weil ich genug Abstand habe zu all den entsetzlichen Ereignissen. Außerdem glaubt mir sowieso keiner, dass es in einer einzigen Familie so viele Unglücksfälle gibt. Und doch ist alles wahr und genauso geschehen.

Wir wohnten am Rande unseres Dorfes, hinter dem Hof begannen die Felder und dann kam der Wald. Deshalb hatte ich außerhalb meiner Familie kaum mit anderen Leuten zu tun. Die Leute sagen, ich ziehe das Unglück an wie ein Magnet, das auf die Familien im Dorf abfärbt, weshalb sie mich meiden. Sie sagen, ich sei an allem schuld. Ich trage sehr schwer an dieser Schuld, auch an der, die ich nicht verursachte. Aber der Mensch braucht einen Schuldigen und ich muss mit dieser Schuld leben bis ans Ende meiner Tage.

Ich weiß nicht, ob mich die Leute fürchten oder verachten. Eigentlich sollte es mir gleichgültig sein, was die Leute denken. Wichtig ist, dass in meinem eigenen Herzen Frieden herrscht. Und diesen Frieden erhoffe ich mir, wenn ich meine Geschichte aufschreibe und danach mein trübseliges Leben beende.

Kindheit

Ich bin das Kind meiner Eltern, die Schwester meines Bruders, die Frau meines Mannes, die Mutter meiner Kinder, aber ich bin auch ich selbst. Vor allem ich selbst. Henriette Gruber.

Meine Mutter nannte mich Jette, mein Vater nannte mich gar nicht. Er mochte mich nicht, weil ich nur ein Mädchen war. Er wollte keine Tochter, er wollte einen Sohn, einen Erben, der den Hof übernehmen sollte.

Wir betrieben eine Rinderzucht, braunes Fleckvieh, die Kälber kamen mit knapp zwei Jahren zum Schlachter. Das tat mir nicht leid, weil ich es nicht anders kannte. Ich weiß noch, dass ich mich als kleines Mädchen fast ausschließlich im Kuhstall aufhielt, zwischen den Tieren, wo mich keiner suchte, weil mich niemand vermisste. Manchmal schlief ich sogar dort. Tagsüber saß ich zwischen den Kühen und spielte mit dem Heu. Zu uns kamen keine Nachbarskinder, weil sie sich vor meinem Vater fürchteten. Ich fürchtete ihn nicht, obwohl seine Hand recht locker saß und er hart zuschlug, meist gezielt ins Gesicht. Manchmal trat er mit dem Stiefel nach mir, wenn ich nicht rechtzeitig zur Seite sprang.

Meine Mutter wollte mindestens drei Kinder, besser fünf. Doch dazu kam es nicht. Zuerst kam ich auf die Welt. Ein Mädchen. Vater wollte keine *Büx*. Er ließ seinen Zorn darüber an Mutter aus; und später an mir.

„Warum mag Vater keine Mädchen?"

„Er ist Bauer und wünscht sich Söhne, die auf dem Feld und im Stall zupacken."

„Ich kann auch helfen."

Mutter strich mir über den Kopf und sagte, dass Frauen und Mädchen ins Haus gehören.

„Aber warum?"

„Weil das so ist. Man tut, was getan werden muss und nicht das, was man will, weil man nicht immer bekommt, was man sich wünscht. Man bekommt es so gut wie nie. Das wirst du auch noch erfahren, wenn du älter bist."

Diese Aussicht gefiel mir ganz und gar nicht.

*****

Mutter hatte viel Arbeit im Haus. Sie musste Holz spalten und damit den Herd heizen, um Wasser für die Wäsche zu erhitzen und unser Essen zu kochen. Und sie musste ganz oft die schmale Stiege nach oben steigen, weil dort die alte Oma im Bett lag. Oma war Vaters Mutter und konnte nicht mehr aufstehen. Mutter wusch und fütterte sie im Bett, zog ihr frische Wäsche an und wechselte oft das Bettzeug, weil Oma nicht auf Klo konnte, sondern einfach alles laufen ließ. Obwohl Mama sich um ihre Schwiegermutter bemühte, war diese nie zufrieden. Ich verstand das, denn tagein und tagaus nur im Bett zu liegen fand ich furchtbar langweilig. Da wäre ich wohl ebenso böse wie Oma geworden und hätte nur noch geschimpft.

*****

Mit sechs Jahren besuchte ich unsere Dorfschule. In ihr gab es nur einen einzigen Raum für alle Kinder von der ersten bis zur vierten Klasse. Obwohl oder weil ich so still war, schlug der Lehrer manchmal mit dem Lineal auf meine Finger, was sehr weh tat. Schlimmer war es für die Buben, denn sie bekamen Kopfnüsse und Prügel mit dem Stock auf den Hintern. Wer keine Antwort wusste, wurde an den Ohren gezogen und musste bis zum Schluss der Stunde in der Ecke stehen, mit dem Rücken zur Klasse, weshalb mir oft die Beine schrecklich weh taten.

Eines Tages flüsterte mir meine Freundin Therese ein Geheimnis ins Ohr.
„Deine Mama hatte schon wieder eine Fehlgeburt, die vierte."
Ich wusste damals nicht, was eine Fehlgeburt ist, aber Therese meinte, das gäbe es oft und wäre trotzdem schlimm. Das konnte stimmen, denn meine Mutter weinte viel. Immer, wenn sie weinte, schlug sie der Vater und sagte, dass sie nicht einmal zum Kinderkriegen tauge.

Im Herbst wurde Mama immer dicker, besonders ihr Bauch schwoll an wie der Brotteig. Wenn sie die Stiege hinauf zur Oma kroch, keuchte sie schrecklich. Sie tat mir leid und ich bat sie, nicht so viel zu essen, um wieder dünn zu sein und sich leichter bewegen zu können.
„In meinem Bauch wächst ein kleines Baby."
„Wie kann das sein?", wunderte ich mich.
„Aber Jette! Du hast doch schon oft eine Kuh mit einem kugelrunden Bauch gesehen."
„Dann wächst ein Kalb."
„Siehst du. Und in meinem Bauch wächst ein

Baby. Wenn es groß genug ist, kriecht es von ganz allein heraus und du kannst es sehen. Dann bist du eine große Schwester und darfst auf deinen kleinen Bruder aufpassen."

Das waren ganz wunderbare Aussichten und ich freute mich sehr. Jeden Tag fragte ich die Mutter, ob heute der kleine Bruder kommt. Aber sie antwortete immer, dass ich noch ein wenig Geduld haben muss.

„Es dauert nicht mehr lange."

„Wie lange?"

„Nur noch ein paar Tage. Am Heiligen Abend wirst du dein Brüderchen im Arm halten dürfen."

„Bringt es das Christkind?"

Mama lachte.

„Die Therese sagt, dass man Babys im Krankenhaus abholen muss."

„Bei manchen Babys ist das wirklich so. Unser kleiner Bub kommt daheim zur Welt. Das ist besser für uns alle."

„Warum?"

„Weil ich mich jeden Tag um die Oma kümmern muss, auch um dich und den Papa. Ich kann euch nicht eine ganze Woche allein lassen."

Ich war damals noch zu klein, um die ganzen Vorbereitungen für die Geburt und die Last für meine Mutter zu verstehen, da sie sich keinen Moment schonen konnte.

*****

Am letzten Tag vor den Weihnachtsferien kam ich aus der Schule nach Hause. Ich hüpfte vor Freude, denn bald kam der Heilige Abend und mit ihm mein Brüderchen. Die Mama hatte es versprochen.

Fröhlich sang ich: „Ihr Kinderlein kommet, o kommet doch all."

Ich öffnete die Tür zur Küche und Vater schlug sofort zu. Mitten ins Gesicht. Meine Wange brannte heiß wie Feuer und im Mund schmeckte ich Blut.

„Du bist schuld an allem, du Nichtsnutz!", brüllte er. „Geh mir aus den Augen!"

Ich lief sofort in den Kuhstall, ohne vorher nach Mutter zu suchen. Und ohne Mittagessen. Mir war klar, dass mich Vater sowieso nicht am Tisch dulden würde. Also kroch ich unter den Bauch meiner Lieblingskuh Erna und zapfte mir frische Milch aus ihrem Euter. Ich mochte es, wenn mir die warme Milch direkt in den Mund spritzte und übers Kinn und den Hals unter meinen Pulli lief. Erna und ihre Milch trösteten mich und der Schmerz im Gesicht war bald nicht mehr so schlimm.

Gegen Abend schlich ich ins Haus und schaute vorsichtig in die Küche. Mutter war nicht da. Nur Vater. Er hatte den Tisch und zwei Stühle umgeworfen, auch Töpfe lagen auf dem Boden. Auf Zehenspitzen balancierte ich in den Raum und achtete darauf, keinen Lärm zu machen, als ich das Geschirr und die Möbel aufhob und an ihren Platz stellte.

Weil es im Raum unangenehm roch, griff ich nach dem Müllkübel. Aber er war leer. Der Gestank kam von Vater. Er hatte eine Flasche vor sich, aus der er immer wieder einen kräftigen Schluck nahm.

„Wo ist Mama?", fragte ich leise.

Ohne ein Wort nahm Vater die Flasche und schlug sie mir auf den Kopf. Ich musste mich am Tisch festhalten, weil sich auf einmal alles um mich herum drehte. Etwas Warmes lief mir über die linke Wange und tropfte zuerst auf mein Kleid und dann auf den Boden.

„Wisch das weg, du bleede Fudn!"

Auf der Diele war eine rote Pfütze, die größer wurde, als ich mich darüber beugte. Eilig holte ich einen Lappen und kniete mich auf den Boden. Doch der Fleck ließ sich nicht wegwischen. Der Vater trat mit dem Stiefel nach mir und ich fiel zur Seite. So sehr ich mich auch mühte, ich kam nicht hoch. Mein Kopf brummte und das Bein, das vom Stiefel getroffen wurde, ließ sich nicht bewegen.

„Mach das weg!", schrie Vater noch einmal.

Seine Worte klangen in meinen Ohren nicht

mehr so hart wie zuvor. Sie waren dumpf und hallten wie aus der Ferne nach. Das beruhigte mich und mir wurde wohlig zumute. Am liebsten wäre ich gleich auf dem Boden liegengeblieben und eingeschlafen. Aber mir war klar, dass Vater das nicht erlaubt.

*****

„Geht´s wieder?"
Ich spürte eine Hand, die sanft mein Gesicht tätschelte, und einen feuchten Lappen auf dem Kopf. Vorsichtig blinzelte ich, aber ich konnte nichts sehen. Das linke Auge war verklebt, vor dem rechten ein heller Nebel.
„Mama?", fragte ich unsicher.
„Oma. Ich bin deine Oma. Die Mama deiner Mama."
Das Wort Mama gefiel mir gut, auch die freundliche Stimme dieser Oma-Frau. Ich mochte sie sofort, wie sie mir sacht über die Wange strich.
„Schaff mir das Balg aus dem Haus!", hörte ich Vaters Befehl.
Damit konnte er nur mich meinen und ich versuchte, aufzustehen. Aber es gelang mir nicht. Dabei wusste ich, wenn ich jetzt nicht schnell in den Kuhstall flüchte, schlägt er noch einmal zu.
„Bring mir den Buben und lass dich hier nie wieder blicken!"

„Und wer versorgt den Kleinen?"

„Die Büx da!", schnaufte Vater verächtlich und meinte mich damit.

„Verschwinde! Sonst prügel ich dich aus dem Haus!"

„Ja ja. Ich nehme das Kind mit."

„Raus! Den Buben will ich! Raus mit euch!"
Oma schlang eine Decke um meine Schultern und hob mich auf. Sie keuchte.

„Und wer macht den verdammten Dreck weg?", hörte ich Vater schreien.

Aber wir waren schon aus der Tür.

*****

Ich lag in einem weichen Bett unter einer dicken Federdecke und fühlte mich wohl. Mein Bein tat nicht mehr weh, auch nicht der Kopf. Ich erinnerte mich dumpf an einen Arzt, Salben und Binden. Aber vor allem erinnerte ich mich an Omas Hände, die mich immerfort umsorgten und sanft streichelten. Sie brachte mir leckere Suppen und weiche Brötchen mit viel Butter und Marmelade drauf.

Oma zog sich einen Stuhl ans Bett, umfasste mein Gesicht mit beiden Händen und küsste mich. Ich fühlte mich wohl und behütet, auch wenn ich nicht ganz begriff, wie ich zu diesem Glück kam.

„Heute darfst du aufstehen", sagte sie sanft.

Ich freute mich, aber Oma machte es traurig, denn sie weinte.

„Warum weinst du?"

„Deine Mama ist gestorben. Sie hat dir einen kleinen Bruder hinterlassen."

Ich verstand das nicht. Mütter sterben nicht. Sie kümmern sich um ihr Kind. Oma sprach von einem Bruder, aber ich sah ihn nicht. Auch nicht die Mama. Nur diese Oma. Sie war lieb, aber ich kannte sie nicht, auch nicht die Stube, in der das Bett stand, in dem ich lag.

Plötzlich war mir unwohl und ich fragte ängstlich: „Wo bin ich?"

„In meiner Wohnung in Passau. Du darfst noch einen Tag bei mir bleiben. Dann bringe ich dich zurück zu deinem Vater. Auch deinen Bruder. Er heißt Detlef. Du musst dich um ihn sorgen wie eine Mutter, weil es deine Mutter nicht mehr kann."

„Was ist mit ihr?"

„Sie liegt auf dem Gottesacker."

„Ist das nicht viel zu kalt?"

„Nein, Kind, sie spürt keine Kälte mehr. Auch keine Sorgen."

Ich glaubte Oma nicht, dass Mama draußen in der Kälte nicht friert. Die Oma glaubte es selber nicht, denn sie weinte.

„Warum weinst du?", fragte ich noch einmal und

hatte auf einmal keine Lust mehr, die Antwort zu hören.

„Weil deine Mama meine Tochter war."

„War? Ist sie das nicht mehr?"

„Sie ist tot, Kind. Ihr letztes Bett ist auf dem Friedhof. Dort wurde sie gestern begraben."

Ich hatte schon einmal eine Katze vergraben, zusammen mit Mama. Die Katze war ganz steif und hart. Und nun sollte Mama wie die Katze in der Erde vergraben sein? Das konnte ich mir nicht vorstellen und begann zu weinen.

„Ich will nicht, dass die Mama vergraben ist, ich will, dass sie wiederkommt."

Oma nahm mich in den Arm, aber ich schob sie weg und schrie, dass ich meine Mama wiederhaben will.

„Deine Mutter kommt nicht wieder."

Ich hielt mir die Ohren zu, um all die schrecklichen Dinge nicht hören zu müssen. Oma nahm ein Tuch und wischte mir die Tränen ab, ihre eigenen ließ sie einfach laufen.

„Deine Mutter hat dir ein kleines Brüderchen hinterlassen, in dem sie zum Teil weiterlebt."

„Ich will kein Brüderchen und ich will auch keinen Teil von Mama. Ich will sie ganz!", schrie ich ganz außer mir vor Entsetzen.

„Es wird schwer für dich, Kind, aber ich kann dir nicht helfen. Dein Vater will, dass du dich allein um den kleinen Detlef kümmerst. Ich hätte das gern übernommen, aber ich darf nicht."

„Warum?"

„Weil es dein Vater so angeordnet hat und du musst ihm gehorchen."

Ich nickte und dachte an Mutters Worte, dass man nie das bekommt, was man gern möchte.

„Muss ich mich auch um die alte Oma kümmern, die immer nur im Bett liegt?"

Die Vorstellung, die ständig schimpfende Frau waschen und füttern zu müssen, machte mir große Angst.

„Nein, meine kleine Jette. Die Oma muss nicht mehr versorgt werden, denn sie ist ebenfalls gestorben."

Viel später erfuhr ich, dass sie nach dem Tod meiner Mutter einen Schlaganfall erlitt.

„Das ist für sie und vor allem für dich ein wahrer Segen. Nun musst du nur deinen kleinen Bruder und den Vater versorgen."

Ich nickte. Das kleine Baby schaukeln und mit ihm spielen, konnte ich mir vorstellen. Mutter hatte oft mit mir über das Baby gesprochen. Wir wollten es zusammen wickeln und füttern und ihm alles beibringen, was ich schon konnte. Aber wie sollte ich den Herd heizen, kochen, waschen und das Haus in Ordnung halten? Vater würde mich für jeden Fehler hart strafen, mich schlagen oder gar mit dem Ochsenziemer prügeln.

„Ich kann das nicht", jammerte ich. „Ich will das nicht. Und ich will nicht beim Vater sein."

„Du musst!", sagte die Oma streng und etwas versöhnlicher: „Dein Vater wird dir nichts mehr tun. Er war nur verzweifelt über den Tod seiner Frau, deiner Mutter."

Ich glaubte Oma, dass Vater verzweifelt war, doch Oma wusste nicht, dass Vater mich schon vor Mamas Tod geschlagen hat. Aber ich sagte nichts, weil sie mir sowieso nicht helfen konnte.

Am nächsten Morgen holten wir Detlef aus der Klinik und Oma zeigte mir, wie ich ihn windeln, baden und die Flasche geben muss. Schließlich wickelte sie den Kleinen in eine Decke und fuhr mit mir in einem Taxi in unser Dorf. Dort besuchten wir eine Frau, die jeden Tag außer sonntags auf Detlef aufpassen sollte. Die Frau war sehr nett und schenkte mir einen Keks, den ich draußen essen musste, damit ich ihr die Stube nicht verkrümele.

„Geh jetzt nach Hause und bringe mir morgens den Kleinen, bevor du zur Schule gehst! Nach der Schule holst du ihn wieder ab."

Oma ergriff meine Hand und brachte mich zusammen mit dem Baby auf den Hof. Vater war nicht da. Deshalb legte sie den Kleinen in einen Korb und suchte in den Schränken nach Windeln und anderen Sachen für das Baby. Zum

Schluss umfasste sie mein Gesicht mit ihren wunderbar warmen Händen und gab mir einen Kuss auf den Scheitel.

„Du bist nun die Hausherrin und wirst schnell lernen, alles richtig zu machen."

Das konnte ich mir damals nicht vorstellen. Ich schaute meiner Oma lange nach und ging erst ins Haus, als ich Vater kommen sah. Ich stellte mich neben den Babykorb und hoffte inständig, dass Vater sich so sehr über Detlef freut, dass er mich gar nicht bemerkt.

*****

Ich musste jeden Morgen sehr früh aufstehen, das Frühstück für meinen Vater richten und dem Baby die Flasche geben. Es bekam frische Kuhmilch, die ich am Morgen noch warm aus dem Stall holte. Dann brachte ich Detlef zur Tagesmutter und lief zur Schule. Im Dorf gibt es Helfer, die ins Haus kommen, wenn eine Familie in Not ist, aber Vater duldete keine Fremden auf dem Hof, nicht diese Frau und auch nicht Oma.

Oma sagte, ich soll Detlef jeden Tag baden. Das sei wichtig. Ich erinnerte mich, dass mich Mutter einmal pro Woche im Wäschezuber badete und mich gründlich einseifte, auch meine Haare. Ich mochte das nicht, weil die Seife in den Augen brannte. Doch ich mochte es sehr, wenn sie mich hinterher in ein großes Tuch wickelte und trocken rubbelte.

Das hätte ich nach ihrem Tod auch gern mit Detlef gemacht, doch ich war zu klein und anfangs recht ungeschickt. Zuerst musste ich den Ofen anheizen, damit die Küche und das Wasser warm wurden. Dann setzte ich das Baby auf eine Decke, tauchte ein Waschläppchen ins Wasser und rieb Detlefs Gesicht, die Ärmchen, Beinchen, Bauch und Po ab. So verfuhr ich auch mit mir.

Außerdem schnitt ich mir sofort nach Mutters Tod mit einem Küchenmesser meine langen Haare ab, weil ich es einfach nicht schaffte, sie zu einem Zopf zu flechten und schon gar nicht, sie zu waschen.

Oma hatte Recht: Ich lernte schnell, wie man den Küchenherd heizt, kocht, Wäsche wäscht und bügelt, Böden schrubbt, das Haus putzt und im Dorfladen einkauft, wenn Vater Geld auf den Küchentisch legte. Er kümmerte sich um die Felder und um Schnaps und Bier. Den Rindern schüttete er jeden Morgen Futter in den Stall, aber er vergaß immer öfter, auszumisten. Der Mist stank entsetzlich. Ich war zu schwach, um den großen Schieber zu bedienen und holte mir einen Besen. Damit fegte ich einen Teil des alten Strohs an die Seite, aber ich schaffte es nicht, ihn nach draußen auf den großen Misthaufen zu karren. Die Schubkarre war schon leer viel zu schwer für mich.

Einmal fand mich der Nachbar, als ich draußen vor der Stalltür lag. Er sagte, dass ich zu viele Gase eingeatmet hätte und deshalb in Ohnmacht gefallen sei. Ich hörte, dass er lange mit Vater schimpfte, denn ich hätte sterben können. Ich wäre sehr gern gestorben, denn ohne die Mama war nichts mehr schön daheim.

Von diesem Tag an mistete Vater jeden Morgen den Stall aus und streute frisches Stroh hinein. Er schippte auch Schnee, denn es war Winter und auf dem Feld gab es nichts zu tun. Ich weiß noch, dass es ein sehr kalter Winter war, kälter als zehn Grad minus. In der Küche war es warm, weil ich täglich den Ofen heizte und aufpasste, dass über Nacht etwas Glut zurückblieb. Aber oben in der Schlafkammer glitzerten die Wände und am Fenster blühten dicke Eisblumen. Deshalb nahm ich Detlef mit in mein Bett, damit er nicht friert.

Oft dachte ich an die Oma, die gesagt hatte, dass ich alles schnell lernen würde. Die Handgriffe fielen mir leicht, doch es war einfach viel zu viel Arbeit für ein erst siebenjähriges kleines Mädchen. Außer in der Schule sprach niemand mit mir, Vater wollte nicht, Detlef konnte nicht und die Oma war für mich unerreichbar.

*****

Vater kam meist erst spät nach Hause, wenn ich längst im Bett lag. Er stank nach Schnaps und rief nach mir. Dann musste ich ihm Eier und Speck in der Pfanne braten und dazu Kartoffeln reichen, am liebsten Bratkartoffeln. Brot mochte er nicht. Deshalb sorgte ich dafür, dass immer ein Topf Pellkartoffeln bereitstand, die ich im Ofen aufbacken oder in der Pfanne braten konnte. Die Art, wie er die Stiefel aufsetzte, sagte mir schon früh, ob er mich schlagen oder übersehen wird.

Manchmal musste ich ihm den Ochsenziemer bringen, der an einem Haken neben der Tür hing. Diese elastische Rute hatte er selbst aus einem gedörrten und verdrillten Stierpenis hergestellt und schlug damit hart zu. Wenn ich Glück hatte, verursachten die Schläge nur blaubunte Flecken, doch manchmal sprang die Haut auf und es klaffte eine tiefe Wunde. Ich weinte nie in Vaters Gegenwart, sondern zog mich in den Kuhstall zurück, wo ich mich im Heu unter den warmen Bäuchen der Tiere verkroch und mich ganz weit weg träumte. Eines Tages würde ich fortgehen. Eines Tages würde ich glücklich sein. Doch vorher musste Detlef groß und stark sein.

Detlef war ein niedliches Baby, das nie weinte. Ich liebte ihn vom ersten Tag an und verbrachte jede freie Minute bei ihm. Wenn ich hinaus oder in den Stall ging, band ich ein Tuch um Hüfte und Schulter und setzte den Kleinen hinein. Dann gluckste er vor Freude und ich musste lachen.

Ansonsten gab es nicht viele Gelegenheiten zu lachen. Ich schaffte die viele Hausarbeit nicht so wie es sein sollte. Und ich vermisste heftig meine Mutter.

Ein Leben ohne meine Mutter konnte und wollte ich nicht aushalten. Deshalb stellte ich mir vor, dass sie immer bei mir war. Obwohl ich wusste, dass sie tot war, sprach ich mit ihr und glaubte, ihre Antworten auf meine Fragen deutlich zu hören. Später, als sich die Erinnerung an ihr Gesicht so langsam verwischte, sah ich sie als eine Art Engel im weißen Nebelgewand. Aber sie war noch da und das tröstete mich. Ich kann mich kaum an Mutter erinnern, glaube aber, dass sie sehr sanft war und mich liebte. Denn ich erinnere mich an zärtliche Umarmungen, was ich später nie wieder erlebte. Deshalb weiß ich, dass ich diese Umarmungen nicht geträumt hatte.

*****

Sobald Detlef laufen konnte, nahm ihn Vater überall mit hin. Auf dem Traktor hinaus aufs Feld und in den Stall. Detlef war glücklich darüber und tat alles, um seinem Vater zu gefallen. Auch Vater war glücklich. Er brachte seinem Sohn alles bei, was er über Rinderzucht und Feldarbeit wissen musste und Detlef sog alles begierig auf.

Es gab Tage, an denen Vater mich nicht schlug, Detlef schon gar nicht. Ihn wirbelte er durch die Luft und lachte dabei.

An seinem fünften Geburtstag sprang Detlef wie so oft vom Heuboden und blieb unten bewegungslos liegen. Ich dachte, das gehört zum Spiel und warf Heu auf seinen Körper. Aber er sprang nicht kreischend auf, um mich umzustoßen. Er blieb einfach liegen.

Vater nahm ihn vorsichtig in seine Arme und schrie in einem fort: „Nein! Nein! Nein!"

Dann befahl er mir, den Doktor zu rufen. Ich rannte zum Nachbarn, der ein Telefon besaß. Der Arzt kam sofort und versorgte die Wunde am Kopf. Detlef weinte nicht, er schlief.

„Der Kleine muss ins Krankenhaus", sagte der Arzt. „Ich schicke den Sanka."

Die Zeit, bis der Krankenwagen kam, wollte und wollte nicht vergehen. Vater saß die ganze Zeit

30

stumm auf dem Stuhl und schaukelte Detlef in seinen Armen. Das machte mir große Angst. Vater überließ seinen Sohn nicht den Rettungs-kräften. Er hielt ihn im Arm, stieg in den Wagen und kam drei Tage nicht nach Hause. Ich rührte mich nicht von der Stelle und schlief auf dem Küchenstuhl, wo vorher der Vater mit Detlef saß. Ich vergaß zu essen und vergaß, in die Schule zu gehen.

Als Vater nach Hause kam, sprach er kein Wort. Er nahm seine Schnapsflasche, setzte sich auf den Traktor und fuhr vom Hof.

*****

Zwei Wochen später brachte man Detlef nach Hause. Er sprach nicht mehr und schaute mit offenem Mund in die Luft. Das sah seltsam aus. Meist saß er auf dem Boden und spielte mit seiner Spucke, die ihm ständig aus Mund und Nase sabberte.

Die Tagesmutter wollte ihn nicht mehr nehmen, auch Vater wollte ihn nicht mehr, weil er nun unnütz war. Ein nutzloser Fresser, der allen nur die Zeit stahl. Detlef verstand das nicht, er wollte weiterhin mit aufs Feld und dem Vater helfen.

„Du bist keine Hilfe. Du bist eine Last. Geh mir aus den Augen, Depp!", schrie ihn Vater an.

Doch Detlef begriff nicht, dass er dem Vater aus dem Weg gehen musste, dass es gefährlich war, ihn zu reizen.

Deshalb schloss ich ihn morgens, wenn ich zur Schule ging, in eine Kammer neben dem Stall ein, damit er nicht fortlief und dem Vater nicht in die Quere kam. Ich legte ihm belegte Brote und Äpfel dazu.

Das ging nicht lange gut, denn in unserem Dorf gab es nur eine Grundschule und ich war inzwischen zwölf Jahre alt, musste also mit dem Bus bis in die Stadt fahren und kam erst am späten Nachmittag zurück. So lange konnte ich Detlef nicht einsperren.

Da schenkte uns ein Nachbar einen Hundewelpen, den ich zuerst vor Vater versteckte. Aber das war nicht nötig, denn Vater übersah ihn einfach genauso, wie er mich und Detlef übersah.

Den Hund nannten wir Benni. Er wuchs sehr schnell und war bald größer und kräftiger als ein Schäferhund. Tagsüber passte er auf Detlef auf und streifte mit ihm über die Felder und durch den Wald.

Ich war noch nie im Wald, obwohl ich mich dumpf daran erinnerte, einmal mit Mama im Wald Beeren gesammelt zu haben. Aber vielleicht bildete ich mir das alles nur ein.

Doch nie vergessen habe ich den Tag, als mir Mama die schöne blaue Donau zeigen wollte.

Am Himmel war keine einzige Wolke zu sehen und das Blau spiegelte sich im Wasser, doch dann zog ein Gewitter auf, das Wasser färbte sich braun, fast schwarz und ich fürchtete mich.

„Aber die Donau ist ja gar nicht blau!", rief ich aus.

„Nein, sie leuchtet nur dann blau, wenn sie bei schönem Wetter die Farbe des Himmels annimmt."

„Aber warum wird sie die blaue Donau genannt, wenn sie gar nicht blau ist?"

Mama lachte.

„Das liegt am Flachs. Hier wird ringsum Flachs angebaut, dessen Blüten im Juni und Juli hellblau leuchten."

„Aber dann ist der Flachs blau und nicht die Donau!"

„Du bist ein kluges Mädchen." Mama lachte noch einmal und sah dabei wunderschön aus.

„Man sagt auch *Ins Blaue fahren* und denkt dabei an die blauen Flachsblüten."

Den Spruch kannte ich nicht, ich kannte auch keine Flachsblüten. Bei uns wurden vor allem Weizen und Hafer angebaut und die blühten nicht blau.

„Ackerbau und Viehzucht sind die Grundlagen für jedes Leben und deshalb sehr wichtig. Wir haben beides und können uns deshalb sehr glücklich schätzen."

Das klang logisch und hatte sich fest in meinen Kopf eingebrannt.

*****

Wenn ich von der Schule kam, wartete viel Arbeit auf mich, denn ich musste für Vater, Detlef und mich kochen, waschen und für Ordnung sorgen. Deshalb ärgerte ich mich Tag für Tag, dass ich in die Schule musste. Es war reine Zeitverschwendung, denn dort sollte ich Dinge lernen, die ich im ganzen Leben nicht brauchen würde. Für alle wäre es besser, wenn ich daheim bliebe und mich um das Haus, die Hühner und vor allem um meinen Bruder kümmerte.

Es war seltsam, die Zeit in der Schule schien stillzustehen, daheim dagegen verging sie wie im Fluge.

Eines Tages kam ich von der Schule nach Hause, aber Detlef lief mir nicht wie sonst fröhlich entgegen. Ich rief nach ihm, aber er kam nicht. Er war nicht mehr da.

„Detlef! Wo bist du?", schrie ich voller Panik.

Aus irgend einem Grund glaubte ich nicht, dass er mit Benni im Wald war, obwohl ich leises Bellen hörte. Dann Jaulen. Ich lief in die Richtung, woher das Winseln kam und hoffte, Detlef dort zu finden. Aber Detlef war nicht da. Es war nur der Hund, eingesperrt im alten Schweinestall.

„Wo ist Detlef?", kreischte ich und fuchtelte mit meinen Armen.

„Halt die Goschn!"

„Wo ist er?"

„Weg! Der is da, wo Voideppen hingehören."

Vater hatte ihn wegbringen lassen, in ein Heim für Behinderte.

„Detlef gehört zu uns!"

„Und dir gehört eine Tracht Prügel!"

Ich ging hinaus aufs Feld, nur Benni begleitete mich. Der Hund sah sich ständig um und suchte Detlef, der uns beiden fehlte.

Anfangs fragte ich Vater, wohin man Detlef gebracht hatte, aber statt einer Antwort erhielt ich nur einen kräftigen Schlag ins Gesicht. Auch im Dorf schien keiner zu wissen, wo Detlef geblieben ist. Nicht einmal im Passauer Jugendamt gab man mir Auskunft, man wollte nicht einmal mit mir sprechen. So oft es mir möglich war, stand ich vor den Heimen und spähte durch die Zäune in der Hoffnung, Detlef draußen spielen zu sehen. Aber vergebens. Man jagte mich jedes Mal fort.

*****

Nach Abschluss der Hauptschule meinte Vater, ich solle nicht weiter auf der Schulbank herumlungern, daheim gäbe es genug Arbeit. Das sah ich genauso. Ich hatte keine Lust auf Schule und sah auch keinen Sinn darin. Trotzdem wollte ich unbedingt einen Beruf lernen. Der Lehrer unterstützte mich dabei und erklärte Vater, wie wichtig eine Ausbildung sei, besonders in der Landwirtschaft.

„Schnoin brauchen des net."

Der Lehrer gab nicht auf und empfahl die Hauswirtschaftslehre.

„Da ist kein Platz mehr frei", mischte ich mich ein.

Überrascht schaute mich der Lehrer an, denn er wusste, dass ich log.

„Aber vielleicht könnte ich Krankenpfleger werden. Da wird auch Hauswirtschaft gelehrt."

Der Lehrer stimmte sofort zu und meinte, dass es bei Verletzungen auf dem Feld und im Stall gut wäre, sich mit Wundpflege auszukennen.

„Nichts da! Des Dirndl bleibts dahoam!"

Meine Chancen standen denkbar schlecht, aber ich war wild entschlossen, Krankenpfleger zu werden. Denn ich wollte unbedingt meinen Bruder finden und wieder nach Hause holen. Dafür gab es nur einen einzigen Weg. Als Krankenpfleger durfte ich die Pflegeheime betreten und würde bei etwas Glück Detlef finden. Ich hoffte, dass er in Passau untergebracht war.

Genau wusste ich es nicht, denn das Jugendamt gab mir keine Auskunft. Ich war nur Detlefs Schwester und außerdem minderjährig. Deshalb schickte man mich einfach wieder fort. Immerhin erfuhr ich, dass inzwischen die Volljährigkeit von einundzwanzig auf achtzehn Jahre gesenkt wurde. Es gab nur wenige Behindertenheime in unserer Gegend. Zu denen wollte ich mir Zutritt verschaffen. Doch dazu musste ich die passende Ausbildung wählen: Krankenpfleger.

„Danke, Vater, dass du mich daheim lässt und nicht in die doofe Schule schickst.“

Der Lehrer und Vater schauten mich verblüfft an.

„Wos hoast des? Du wuist nix lerna?“

„Nö. Ich weiß genug.“

Vaters Hand zuckte. Wäre der Lehrer nicht am Tisch gesessen, hätte ich seine harte Hand in meinem Gesicht gespürt.

„Du wirst Pfleger und damit basta!“, schnauzte Vater. „Und jetzt gehst in Stall und versorgst die Viecher!“

Ich gab mir große Mühe, traurig zu schauen und ging mit gesenktem Kopf aus der Küche. Am liebsten hätte ich laut gejubelt, aber von meiner Freude durfte Vater nichts merken.

Ich glaubte fest daran, Detlef zu finden und hoffte inständig, ihn als ausgebildeter und volljähriger Pfleger nach Hause holen zu dürfen.

Vater würde es nicht dulden, aber darüber wollte ich heute nicht nachdenken. Ich dachte sowieso nie lange nach, weil es meist anders kam als gedacht. Der erste Schritt war jedenfalls getan.

Vater stimmte meiner Lehre als Krankenpfleger nur deshalb zu, weil Hauswirtschaft eines der Unterrichtsfächer war.
„Kochen is was Gscheits, dann machst nimmer so viel Bleds."
Ich machte nichts Blödes. Ich kochte, wusch und putzte so gut ich es verstand, aber ich versprach, nach der Lehre alles noch viel besser zu machen.
Der theoretische Unterricht war eine Qual für mich, aber ich lernte eifrig alles, was ein Pfleger über den Körper und Krankheiten wissen muss. Ich wollte beweisen, dass ich gut bin, dass man mich überall einsetzen kann, sogar in einem Heim für Behinderte. Dort wollte niemand aus meiner Klasse sein Praktikum machen, nur ich. Das Altenheim hatte keinen guten Ruf, erst recht nicht das Behindertenheim für Kinder und Jugendliche. Doch genau dorthin wollte ich.

Und tatsächlich fand ich endlich meinen Bruder. Ich hätte ihn nach den vier Jahren fast nicht erkannt. Er hatte kurz geschorene Haare und wirkte unerwartet groß auf mich, obwohl er in einer Ecke auf dem Boden kauerte und mit dem Oberkörper vor und zurück schaukelte, immer wieder. Ich kniete mich vor ihn hin und sprach ihn an.

„Detlef! Ich bin´s, die Jette."

Er zuckte zusammen und vergrub seinen Kopf zwischen den Knien. Ganz sacht fuhr ich mit der Hand über den Ärmel seines Pullis und merkte, wie sich sein ganzer Körper verkrampfte. Wovor hatte er Angst?

„Schau mich an!", bat ich leise, aber er sah nicht auf.

Als ich dann wie früher seine Hände in meine nahm, begann er zu weinen und schluchzte hemmungslos.

Meine Arbeit im Heim konnte ich nur schwer ertragen, weil die Schwestern überhaupt nicht nett waren, weder zu mir noch zu den Kindern. Ich beobachtete sogar, dass Kopfnüsse und hin und wieder sogar Watschn (Ohrfeigen) verteilt wurden. Doch ich hatte ein Ziel: Nach Ende der Lehre würde ich meinen Bruder mit nach Hause nehmen. Ich wusste noch nicht, wie ich das anstellen sollte, aber ich war fest entschlossen. Mir kam zugute, dass Vater nach dem Ende der Lehre verlangte, ich sollte mich um Haus und Hof kümmern. Damit war ich sofort einverstanden. So konnte ich auf Detlef aufpassen und ihm alles zeigen, was er wissen muss. Er war inzwischen zwölf Jahre alt und groß genug, um im Stall zu helfen. Das würde Vater überzeugen.

*****

„Schaff mir den Doldi aus den Augen!", brüllte Vater, als ich mit Detlef vor ihm stand.

Er hatte im Suff zugestimmt, dass Detlef bei uns wohnen darf, wenn ich daheim bleibe. Aber nun wusste er nichts mehr davon.

„Detlef kann lernen, die Kühe zu füttern und den Stall ausmisten."

„Der lernt nix, der is zu bleed."

„Detlef gehört zu uns auf den Hof", rief ich verzweifelt aus.

„Und dir gehört eine Tracht Prügel!"

Er hatte es noch nicht ganz ausgesprochen, da spürte ich seine flache Hinterhand in meinem Gesicht. Ich zuckte nicht zurück, obwohl der Schlag wie Feuer auf meiner Haut brannte. Ich weinte auch nicht, weil ich nie weinte, wenn Vater mich schlug. Detlef kauerte sich auf den Boden und schützte mit beiden Armen seinen Kopf. Vater trat nach ihm. Dann ging er hinaus.

Ich hockte mich neben Detlef, streichelte seine Hände und flüsterte: „Er ist weg."

In diesem Moment kam unser Hund angesprungen und warf sich vor Detlef auf den Rücken.
„Benni!"
Das waren die ersten Worte, die ich von Detlef hörte. Die Beiden hatten sich vier Jahre nicht gesehen und trotzdem sofort wiedererkannt. Detlef drückte sein Gesicht ins dichte Hundefell und stieß seltsam hohe Laute aus, die wie eine maunzende Katze klangen.

Ich überließ sie eine Weile ihrer Freude. Dann nahm ich Detlefs Hand, führte ihn die Treppe hinauf und öffnete die Tür zu meiner Kammer.
„Hier schlafe ich. Dein Zimmer ist direkt nebenan."

Ich zeigte Detlef sein frisch bezogenes Bett und den Schrank mit seiner neuen Kleidung, die ich bei der Caritas besorgt hatte. Auch einen kleinen Stoffhund hatte ich auf sein Bett gesetzt. Doch dafür hatte der Junge keine Augen, er wollte nur mit dem echten Benni herumtollen.

„Den derschlog i, wenn er was Bleds tut!", warnte Vater.
Doch Detlef tat nichts Blödes. Er blühte auf, lachte viel und half mir bei der Hausarbeit. Er wischte die Böden, scheuerte Töpfe und Pfannen, fütterte die Hühner und sammelte die Eier ein. Er wusch auch Vaters steife Arbeitssachen und warf sie zum Trocknen über die Leine.

Vater kam nur noch zum Essen und manchmal zum Schlafen ins Haus. Ich weiß nicht, ob er im Dorf schlief oder in der Scheune. Es interessierte mich auch nicht. Hauptsache, er ließ uns in Ruhe.

Je mehr Leben in Detlef zurückkehrte, desto mehr verlor unser Vater die Lust an der Arbeit auf dem Feld und im Stall. Manchmal „vergaß" er, die Kühe zu füttern. Dann brummten und brüllten sie, besonders laut, wenn sie durstig waren und Vater das Wasser nicht aufgefüllt hatte.

Deshalb gewöhnte ich mir an, am Morgen zu schauen, ob Vater im Stall war oder nicht. Ich lernte, den Stall auszumisten und das Futter zu verteilen, Detlef war immer an meiner Seite. Durch die körperliche Arbeit bekam er kräftige Muskeln und wurde selbstsicher. Er ging Vater nicht mehr aus dem Weg, sondern beachtete ihn nicht.

Vater kaufte sich ein Fernsehgerät und ließ es in der guten Stube anschließen. Dort hielt er sich nun jeden Abend auf und durfte nicht gestört werden. Mir war das nur recht. Ich erzählte Detlef Geschichten, die er wie einen Schwamm in sich aufsog.

Ich war nun seit dem Ende der Lehrzeit daheim und half nur hin und wieder im Haushalt eines Bauern, wenn seine Frau niederkam und sich einige Tage nicht um Küche, Wäsche und Kinder kümmern konnte. Dafür erhielt ich Lohn und zwar nicht nur finanziell, sondern auch seelisch, denn man sagte mir, dass ich gut in dem bin, was ich mache. So ein Lob hörte ich daheim nie.

Georg

In der Woche bediente ich abends im Gasthof. Die Schankstube war nicht groß und hatte nur drei riesige Tische, an denen jeden Abend Männer saßen, die Bier tranken und palaverten. Der Qualm ihrer Zigaretten hatte über die Jahre die Wände und das Holz der Tische und Sitzbänke dunkel gemacht. Ich mochte den Gestank nach Rauch, Bier und Schnaps nicht und noch weniger die anzüglichen Worte der Bauern, aber ich brauchte das Geld, denn Vater vergaß oft, mir welches für den Einkauf zu überlassen.

Kartoffeln, Eier, Fleisch und Gemüse hatten wir immer im Haus, Brot buk ich selbst, doch es gab Dinge, die ich kaufen musste, wie Mehl, Waschpulver, Seife, Gewürze und auch mal eine neue Hose für Detlef. Er wuchs unglaublich schnell und würde bald größer sein als ich. Sonntags bediente ich nicht im Gasthof, sonntags bediente ein anderes Serviermädchen. Es trug immer ein fesches Dirndl und bekam jede Menge Trinkgeld, wenn die Männer nach der Kirche ihre Familien zum Mittag ausführten. Auch Vater und ich gingen jeden Sonntag in die Kirche, Detlef nicht. Der Lackl würde Schande über die Familie bringen, sagte Vater. Er ging nach dem Gottesdienst in die Schenke, während ich nach Hause lief und das Essen kochte. Wenn Vater nach Hause kam, musste das Essen fertig sein, weil er wütend wurde und mich schlug, wenn er warten musste. Meistens aber musste ich auf ihn warten, weil er beim Bier oft die Zeit vergaß. Es gab immer Rinderbraten mit Kartoffeln, Gemüse mochte er nicht. Wir aßen nie im Gasthof, auch nicht an Feiertagen wie Ostern, denn das war Geldverschwendung.

*****

Eines Abends saß ein Fremder im Gasthof und erzählte recht unwahrscheinliche Geschichten und sang Scherzlieder.
Schön rund im Gesicht und dick in der Mitt
und schöne weiße Ba,
so muss mei Madl sa, so muss mein Madl sa.
Die Männer grölten laut vor Vergnügen, tranken mehr als üblich und blieben länger als gewöhnlich sitzen. Auch ich musste länger bleiben und

zwar so lange, bis der letzte Gast den Heimweg fand.

Der Fremde war groß, hatte breite Schultern und wunderschöne blonde Locken. Er umfasste mit seinen starken Händen meine Taille.

„I bin der Schorsch und du a sakrisch saubres Dirndl."

Mir gefiel, was er sagte, obwohl ich ihm nicht glaubte. Ich sah nicht aus wie ein normales Bauernmadl, dafür war ich viel zu dünn. Mir fehlten dralle Brüste und kräftige Waden. Meine Haare waren weder hell noch dunkel, sie hingen glatt bis über die viel zu großen Ohren. Auch mein Mund war viel zu groß, dafür die blassblauen Augen winzig klein. Nein, schön war ich nicht.

„Aber ich bin nicht rund wie in deinem Lied."

Schorsch lachte dröhnend und umfasste mich fester.

„Is nur a Liedl, sonst nix. I mog di, bist was Besondres, meine Braut."

Braut. Ich kicherte.

Schorsch brachte mich nach Hause und stellte unterwegs viele Fragen, wie und mit wem ich lebe. Ihn interessierte alles, was mich stolz machte. Offensichtlich gefielen ihm meine Antworten. Ich wagte nicht, ihm Fragen zu stellen. Im Dorf war man Fremden gegenüber vorsichtig, außerdem gehörte es sich nicht für ein junges Ding wie mich, ein gestandnes Mannsbild auszufragen.

„Der Hof is guat, koanst was mit anfange."

Zum Glück war es dunkel, so dass Schorsch nicht sehen konnte, wie alt und verwohnt unser Haus war und wie klein Stall und Hof – nichts zum Herzeigen.

„Mir gefällt es hier. Ich bleibe."

Schorsch fragte weder mich noch Vater, ob es uns recht war. Er blieb einfach. Und ich fragte ihn nicht, was er bisher gemacht und wo er gelebt hatte. Viele Worte war ich ohnehin nicht gewöhnt und eine Hilfe konnten wir gut brauchen. Auch Vater war es recht.

„Wir heiraten noch in diesem Monat", verkündete Schorsch. „Und in der Hochzeitsnacht mach ich dir ein Kind."

Ich hatte nichts dagegen. Ich war stolz darauf, solch einen schönen Bräutigam zu haben, der in mir das Besondere erkannte und mit mir und Vater auf dem Hof leben wollte.

Zur Trauung trug ich kein Extra-Brautkleid, nur meinen schwarzen Rock für die Kirch-Sonntage und eine weiße Bluse, Schorsch seine braune Cordhose und ein braun-beige kariertes Hemd, keine Weste wegen der sommerlichen Hitze. Trauzeugen waren Vater und die Gemeindeschwester. Vater gab Schorsch seinen Ehering und mir den von Mama. Er hatte seinen Ring nie getragen, denn ein Bauer braucht keinen Ring bei der Arbeit im Stall. Erst während der Trauung wurde mir klar, dass Schorsch eigentlich Georg hieß. Besonders glücklich machte mich, dass er meinen Familiennamen annahm, weil der Name Gruber dem Hof erhalten bleibt, sobald wir einen Sohn haben. Ich war überaus stolz auf meinen klugen Mann.

Nach der Trauung holten wir uns in der Kirche den Segen von unserem Gemeindepriester. Als mir mein lieber Schorschi Mamas Ring an den Finger steckte, sprach er so wundervoll, dass mir die Tränen kamen vor lauter Glück.

„Vor Gottes Angesicht nehme ich dich an als meine Frau. Ich verspreche dir die Treue in guten und in bösen Tagen, in Gesundheit und Krankheit, bis der Tod uns scheidet. Ich will dich lieben, achten und ehren alle Tage meines Lebens."

Das war der allerschönste Tag in meinem ganzen Leben und ich träumte mich an die Seite eines liebevollen Mannes. Ein wahrlich wundervoller Traum!

Doch manchmal wird aus einem Traum ein Albtraum.

Gleich nach dem Abendessen gab mir Schorsch einen Klaps auf den Po. Sofort brannten meine Wangen, denn ich ahnte, was das bedeutet. Wissen konnte ich es nicht, denn alles, was ich wusste, war reine Theorie aus Lehrbüchern.

„Zieh dich aus! I kumm glei!"

Ich behielt nur den Schlüpfer an und kroch unter die Bettdecke, obwohl es jetzt im Sommer unter dem Dach unangenehm heiß war. Aber ich schämte mich, weil mich noch niemals jemand nackt gesehen hatte.

Schorsch zog die Decke wag, zeigte auf den Schlüpfer und machte mit der Hand ein Zeichen, dass ich ihn ausziehen soll. Auch er zog sich aus. Erschrocken starrte ich auf den großen Stock, der aus seinem Schritt hervorragte. So etwas hatte ich noch nie zuvor gesehen, doch mir war sofort klar, was es war und dass es in mich hineinpassen sollte. Etwas ängstlich sah ich zu Schorsch auf.

Er umfasste stolz mit seiner Hand das Teil, wackelte damit hin und her und sagte: „Der wird's dir jetzt sakrisch guad besorgen."

Besorgen? Das klang nicht besonders liebevoll und ganz anders, als ich mir vorgestellt hatte. Was genau hatte ich mir überhaupt vorgestellt? Streicheln. Umarmen. Schorsch streichelte und umarmte mich nicht. Er drückte derb meine Beine auseinander und drang sofort in mich ein.

„Es tut weh", jammerte ich.

„Jetzt bist mein Weib und machst, was ich dir anschaff."

Zum Glück war die schmerzhafte und sehr unangenehme Sache schnell vorüber. Georg – ich mochte ihn nicht mehr Schorsch nennen - drehte sich auf die andere Seite und schlief sofort ein. Das also war die Hochzeitsnacht.

*****

Gleich vom ersten Tag an saß Georg stolz auf Vaters Traktor und fuhr damit hinaus aufs Feld. Er mochte große Maschinen mit starken Motoren. Den Stall mit seinen Rindern und ihrem übel stinkenden Mist mochte er nicht. Auch Vater drückte sich vor der Arbeit im Stall. Das Unangenehme blieb für Detlef, den das aber nicht störte, weil er an jeder Arbeit sichtliche Freude hatte.

Georg fuhr jeden Monat ein Kalb zum Schlachter ins Nachbardorf und kam danach betrunken nach Hause. Anfangs glaubte ich, Georg tat es leid, wenn die Kälber so jung sterben müssen. Aber er lachte mich aus.

„Du dummes Ding! Kälber sind zum Schlachten da. Das gibt Geld. Geld muss fließen und zwar in meine Kehle."

Georg und Vater verstanden sich, auch wenn sie kaum miteinander sprachen. Vater schlug mich nicht mehr, das sei jetzt Sache meines Mannes. Darüber lachte Georg, was ich nicht verstand. Er hatte in der Kirche versprochen, mich alle Tage seines Lebens zu lieben, zu achten und zu ehren. Aber das tat er nicht. Er war grob. Ich wusste, dass Männer anders sind als Frauen, gröber, und dass sie derbe Scherze mögen. Trotzdem war es mir sehr unangenehm und machte mich unsicher, wenn mich Georg verspottete. Dass ich seine Späße nicht gleich als Späße erkannte, machte ihn wütend. Doch manchmal lachte er über meine Dummheit. Es war kein heiteres Lachen, es klang eher böse und schadenfroh. Seine ständig wechselnden Launen machten mir sehr zu schaffen. Mal schnauzte er mich an und gleich darauf war er freundlich. Erst viel später wurde mir klar, dass diese Freundlichkeit nichts mit mir zu tun hatte, vermutlich auch nicht sein Ärger. Deshalb wusste ich nie, was ich von ihm erwarten durfte und was nicht.

Eines Tages schlug mir Georg mit voller Wucht ins Gesicht. Ich weiß bis heute den Grund nicht. Grundlose Schläge war ich von Vater ge-wöhnt, aber nicht von Georg. Viele Jahre später begriff ich, dass sich alles im Leben wiederholt. Weil ich das Herz meines Vaters nicht erreichte, geriet ich an einen Partner, der kalt und hartherzig war und mich seelisch und körperlich quälte.

Ich hielt diese Ohrfeige für einen einmaligen Ausrutscher, weil an diesem Tag meine alte Lieblingskuh gestorben war. Sie hatte in ihren dreizehn Lebensjahren zehn Kälber geboren und war wieder trächtig. Ich ging davon aus, dass Georg über den Tod dieser Kuh ebenso traurig war wie ich. Ich verstand seine Trauer und wusste, dass er schnell die Nerven verliert. Aber ich verstand nicht, dass er nicht um Entschuldigung bat. Ich hätte ihm verziehen, wenn er je darum gebeten hätte. Ihm tat es nicht leid, mich geschlagen zu haben. Im Gegenteil, er fand es in Ordnung. Und das verzieh ich ihm nicht.

*****

Einen Monat später benutzte Georg gezielt die Faust und traf zuerst meinen Mund und gleich darauf meinen Bauch.

„Ich bin schwanger!", schrie ich entsetzt.

Noch schlimmer als der Schlag in mein Gesicht war Georgs Miene. Ich hatte noch nie zuvor in solch hasserfüllte Augen geschaut. Nicht einmal bei Vater, der nur blind prügelte, was nichts mit mir, sondern mit seiner ständigen Gereiztheit zu tun hatte.

Fassungslos und verstört hielt ich meine Hände schützend vor den Bauch und flehte: „Bitte nicht!"

Aber Georg stieß mich derart grob zur Seite, dass ich zu Boden fiel.

Mit den Armen bedeckte ich meinen Kopf und bat noch einmal: „Bitte nicht!"

Ich hatte große Angst um unser ungeborenes Kind und fing an zu weinen. Da trat Georg mit seinem Stiefel nach.

„Steh auf!", brüllte er.

Zitternd erhob ich mich und merkte, wie mir etwas warm an den Beinen herablief. Zuerst glaubte ich, ich hätte vor Schreck eingenässt. Aber es war Blut. Blut! Ich war schwanger! In meiner Not lief ich zum Nachbarn.

Der sah das Blut und schimpfte: „Du versaust mir den Boden! Was hast du angestellt?"

„Georg! Das war Georg!", rief ich entsetzt. „Hilf mir!"

„Hast ihn gereizt? Das ist eure Sache. Sieh zu, dass du ihn beruhigst!"

Ich sollte *ihn* beruhigen? Georg, der mit seiner Faust zugeschlagen hatte. Der Nachbar sagte, dass ich allein die Schuld für die Schläge trug. Er tröstete mich nicht, er half mir nicht. Für ihn war der Schorschi ein lustiger Geselle, mit dem man gern sein Bier trinkt.

„Geh zu deinem Mann und entschuldige dich!",

riet er.

Ich wollte nicht zurück zu Georg. Aber es musste sein, denn wo sollte ich sonst hin?

Ich begriff, dass mir keiner helfen wird, weil mir keiner glaubt. Nur Detlef. Er wich nicht mehr von meiner Seite und half, wo er konnte.

Und ich lebte seitdem unter einem ständigen Druck, weil Georg bei der geringsten Kleinigkeit in die Luft ging und zuschlug.

*****

Das Kind hatte ich verloren. Ich trauerte lange um diesen Verlust. Georg war gleichgültig, dass ich litt, meine Tränen nervten ihn. Wusste er nicht, dass er der Mörder unseres ungeborenen Kindes war? Oder war es ihm einerlei? Leider heilt die Zeit keine Wunden. Wenn sich keiner um die Verletzung kümmert, bleiben grässliche Narben, die immer und immer wieder aufplatzen und an die Verletzung erinnern.

„Du taugst nicht einmal zum Kinderkriegen", höhnte Georg.

Genau das sagte Vater damals zu Mutter, weil sie mehrere Fehlgeburten hatte und nur ein Mädchen zur Welt brachte, das keiner brauchen kann. Detlef zählte für Vater nicht, er war ein Depp, ein nutzloser Fresser. Dabei war er Vaters Sohn und hatte ein Recht auf Liebe und das Leben auf dem Hof. Doch immer, wenn ich Vater daran erinnerte, schlug er mich und ging anschließend in den Gasthof.

Georg verteidigte mich nie. Er dachte genauso wie Vater. Das merkte ich genau, obwohl die beiden nie miteinander sprachen. Jeder tat ohne Worte, was er für nötig hielt. Sie sprachen auch nicht am Tisch, sie machten nur viel Lärm beim Kauen, Schmatzen, Rülpsen und Grunzen. Sie brauchten viel Platz, denn sie legten den gesamten linken Arm flach auf den Tisch, spießten mit der Messerspitze Brot, Kartoffeln, Fleisch oder Wurst auf und beugten sich dann weit über den Teller zum Essen hinunter. Mir gefiel das nicht, doch ich hielt lieber den Mund. Auch Detlef versuchte, sich unsichtbar zu machen.

Vor Vater hatte ich schon vor Jahren die Achtung verloren und seit Georgs Faustschlag und der Fehlgeburt auch vor meinem Mann. Ich ging beiden aus dem Weg, um sie nicht zu reizen und behielt meine Gedanken für mich.

Obwohl mich Georg offenbar nicht liebte, fiel er regelmäßig im Bett über mich her, meist, wenn er betrunken war. Dann dauerte der Akt furchtbar lange und Georg war derber als sonst, wenn er grob zupackte. Ich ließ alles teilnahmslos über mich ergehen, denn wenn ich vor

Schmerz aufschrie oder mich gar wehrte, stachelte das Georg zusätzlich an. Ich wusste, dass es das Recht des Ehemannes war und ich kein Recht hatte, mich zu beklagen, auch dann nicht, wenn er mich während des Aktes schlug. Ich litt stumm und grübelte noch lange über seine ungesagten Worte, während er sich sofort umdrehte und augenblicklich einschlief.

Kinder

Unser erstes Kind war ein Mädchen. Sofie. Ich fand sie wunderschön, doch Georg winkte verächtlich ab.

„Nur ne Büx."

Dabei schaute er mich und das Baby mit zusammengekniffenen Augen an, dass mir angst und bange wurde. Von diesem Tag an hielt ich Sofie nie mehr im Arm, wenn Georg den Raum betrat, damit er sie nicht erwischte, wenn er mich schlug. Außerdem duldete er nicht, wenn ich untätig herumsaß und das Kind schaukelte. Dafür hatte ich sowieso keine Zeit. Nur beim Stillen hielt ich sie in meinem Schoß.

„Kannst du Spinatwachtel überhaupt den Wanst säugen?"

Säugen? Georg meinte stillen.

„Du oide Scheppern hast keine Duddln, also nit

amoa Milli."

Jede Frau kann ihr Kind stillen, auch wenn sie so dünn ist wie ich. Ich war schon immer dünn und nie so drall wie die anderen Bauernmädchen. Doch das war nicht mein Fehler. Georg fand mich schön, als er mich kennenlernte und wollte mich so, wie ich nun einmal bin. Doch schon bald sah er nur noch meine Fehler, obwohl ich mich bemühte, alles richtig zu machen und meinen Mann nicht zu verärgern. Für alles, was ich machte und nicht machte, bekam ich Schläge. Nur machten die Schläge meine vielen Fehler nicht weg.

„Wir haben keinen Platz mehr für den Deppen", Georg zeigte auf Detlef. „Schick den weg!"

Ich sollte Detlef wegschicken? Ich war froh, ihn endlich gefunden und nach Hause geholt zu haben.

„Warum?", fragte ich entsetzt.

Georg zeigte auf Sofie.

„Wegen derer! Die werd am End so bleed wie der."

Was redet er da? Detlef verletzte sich als Kind am Kopf. Wenn er sich das Bein verletzt hätte, könnte er nicht mehr so gut laufen wie zuvor. Seit er sich am Kopf verletzte, kann er nicht mehr so gut denken wie vor dem Unfall.

„Niemals!", schrie ich entsetzt auf. „Er ist mein

Bruder und bleibt hier."

Georg schlug sofort zu und griff nach Vaters Ochsenziemer, der nach wie vor neben der Tür hing. Ich wusste, dass die Schläge mit dieser Rute brennende Wunden verursachten, die aufplatzten und ewig nicht heilten und lief in Panik aus dem Haus. Georg hinter mir her. Er holte aus – und im gleichen Moment sprang Benni an ihm hoch und biss in seinen Arm. Detlef stand schreiend daneben. Auch Georg schrie, trat um sich und versuchte, den Hund zu treffen und abzuschütteln, aber es gelang ihm nicht.

„Benni! Aus!", befahl ich.

Sofort ließ der Hund von Georg ab und stellte sich schützend vor mich.

„Das Viech wird erschossen", brüllte Georg.

„Du böse! Dich schießen!", schrie Detlef und trampelte ängstlich mit den Beinen.

„Versuche es!", sagte ich leise. „Detlef gehört eher auf den Hof als du. Er ist der Erbhofbauer. Dich dagegen kann ich fortjagen."

„Hoid die Fotzn, mistige! Glei klatschts!"

Doch als er einen Schritt auf mich zutrat, biss Benni erneut zu, dieses Mal ins Bein. Georg heulte auf und Detlef heulte mit.

„Das Viech meld i!", jaulte er.

„Mach das! Dann erfährt das ganze Dorf, dass du ein brutaler Schläger bist."

„Frauen und Kinder soll man züchtigen, wenn

sie nicht gehorchen", meldete sich Vater. „Aber du gscherte Matz kennst wohl die Bibel nicht."

Vater hatte Recht. So stand es in der Bibel.

„Du bist mein Weib. Mit dir kann i due, wos i wui."

Ich wusste, dass Georg recht hatte. Gewalt in der Familie galt erst fünfundzwanzig Jahre später als Straftat.

„Und es ist *mein* Hof, den ich dem Georg überschreib. Du und der Damlag", Vater zeigte auf Detlef, „zählen überhaupt nicht."

So war das damals. Der Hof gehörte plötzlich meinem Mann und nicht Vaters Kindern, die eigentlich den Hof erben sollten. Detlef und ich zählten nicht. Mir zitterten die Beine, weil mir Vaters Worte soeben mein Leben unter den Füßen weggezogen hatten. Ich war verletzt und schockiert und gleichzeitig wütend.

„Sobald irgendwer ...", ich schaute zuerst meinen Vater und dann Georg an und legte all meine Verachtung in meinen Blick, obwohl ich vor Angst über meinen eigenen Mut zitterte, „Detlef wegschickt, gehe auch ich. Dann seht zu, wie ihr allein mit der Arbeit in Haus und Hof fertig werdet."

Damit war alles gesagt, auch wenn Georg so tat, als hätte ich überhaupt nichts zu sagen.

„Jedenfalls soll der Bleede arbeiten, sonst bekommt der nix zu fressen."

Gern hätte ich gesagt, dass Detlef zuverlässiger das Vieh versorgte als Georg und Vater zusammen, doch das wagte ich nicht.

*****

Als Sofie anfing, die ersten Worte zu formen, wollte ich Georg eine Freude machen und brachte ihr bei, Papa zu sagen.

„Babba! Bab!", krähte die Kleine vergnügt.

„Spinnst du? Vadda bin i, VA-TER! Kapiert?", schrie Georg aufgebracht.

„Ich wollte ...", stotterte ich verlegen.

„Du hast nix zu wollen, du hast zu gehorchen!"

Verwirrt fuhr ich zusammen und nickte eilig, um Georg nicht weiter zu verärgern.

Seitdem presste Sofie jedes Mal die Augen zu, wenn ihr Vater den Raum betrat, und schien zu erstarren. Ihr ganzer kleiner Körper wurde steif wie Holz, als erwarte sie Schläge. Doch ich war mir sicher, dass Georg niemals sein Kind schlagen würde.

Immerhin machte er sich einen Spaß daraus, die Kleine absichtlich zu erschrecken. Sie durfte nur nicht weinen, das machte ihn wütend.

„Wenn der Wanst plärrt, kriegst a Watschn!", drohte er mir.

*****

Zwei Jahre nach Sofies Geburt wurde ich wieder schwanger.

„Wenns koa Bua is, brauchst nimmer kimme!"

Ich wusste, dass sich Georg einen Sohn wünschte. Und ich wusste auch, dass er seine Drohung nicht ernst meinte. Er sagte viel Böses im Zorn, doch auf das Geschlecht des Kindes hatte ich keinen Einfluss. Das wusste auch Georg.

Eigentlich hätte mir eine Dorfhelferin beistehen dürfen, die einige Wochen vor der Entbindung in Haus und Garten hilft, doch Vater duldete keine Fremden auf dem Hof. Georg sah es genauso.

Er sagte: „Du kriegst nur ein Kind und das ist schließlich deine verdammte Aufgabe."

Natürlich hatte er Recht, doch für mich wäre mit einer Hilfe vieles leichter gewesen.

Ich war mehr als nur erleichtert, als ich tatsächlich den ersehnten Sohn zur Welt brachte. Georg zeigte sich zufrieden und spendabel. Ich durfte mir eine neue Schürze und Gummistiefel für den Hof kaufen. Wir nannten den Jungen Maximilian und riefen ihn Max.

Leider ließ Georg auch nach der Geburt keine fremde Hilfe zu und ich musste vom ersten Tag an lernen, mit zwei kleinen Kindern, dem alten Haus und dem Kohleofen ganz allein fertigzuwerden. Von den Mahlzeiten für drei hungrige erwachsene Männer und deren schmutziger Wäsche von Stall und Feld ganz zu schweigen.

*****

Wieder zwei Jahre später kam unser kleiner Ferdinand zur Welt, Ferdl, Georg kaufte mir eine Waschmaschine. Die hatte ich mir schon lange gewünscht, aber Georg meinte, ich sei nur zu faul, die Wäsche so zu waschen, wie es sich gehörte. Dazu musste ich den großen Kessel heizen, die weiße Wäsche darin kochen und später mit viel kaltem Wasser aus der Hofquelle spülen. Danach kam die bunte Wäsche dran, unsere Kleidung und die vielen Sachen der Kinder, zuletzt die furchtbar verdreckten Arbeitsanzüge der Männer. Ich durfte das teure Wasser aus dem Hahn nicht nutzen, sondern musste es eimerweise von der Quelle herbeischleppen. Diese elende Plackerei war nun vorbei. Nur die Windeln kochte ich nach wie vor täglich im kleinen Kessel auf dem Herd aus und hing sie dann tropfnass draußen auf die Leine. Außerdem konnte ich Georg davon überzeugen, dass es für die Männer bequemer war, nach der Arbeit zu duschen und sich nicht mehr in der Küche am Ausguss zu waschen. Dafür ließ er im ehemaligen Schweinestall neben der

Küche eine einfache Dusche einbauen und im Stockwerk darüber ein Klo. Ich war hochzufrieden, weil ich nun in der Nacht nicht mehr die steile Holztreppe hinuntersteigen musste, um zur Toilette zu gehen. Sofie und Max mussten nicht mehr die Nachttöpfchen benutzen, die ich unter ihre Betten gestellt hatte.

Jedes Kind hatte seine eigene Kammer, die zwar recht klein war, aber ein Bett und eine Kommode passten hinein. Außerdem gab es Strom, so dass die Kinder ein Nachtlicht hatten. Besonders Max hatte Angst im Dunkeln.

*****

Obwohl wir nun eine Dusche hatten, wusch ich mich nach wie vor am Waschbecken. Ich war das Duschen nicht gewöhnt und hielt es auch nicht für nötig, meinen ganzen Körper jeden Tag von oben bis unten nass zu machen. Mir reichte es, meine Hände und die Achseln mit Kernseife zu waschen und kurz die Füße abzuspülen. Nur sonntags, wenn ich meine Haare wusch, ertrug ich die Prozedur, mich mit Duschgel und Shampoo einzuseifen wie Georg. Das Abtrocknen von Kopf bis Fuß war mühsam und dauerte entsprechend lange. Viel zu lange. Ich kann bis heute nicht nachvollziehen, weshalb sich viele Leute so gern duschen, manche sogar zwei Mal täglich.

Georg schlug mich nicht mehr so häufig. Vielleicht hatte er keine Lust mehr, vielleicht lag es an Detlef, der mit seinen fünfzehn Jahren fast so groß und stark wie Georg war. Georg wusste, dass mich Detlef bis aufs Blut verteidigen würde. Dabei war mein Bruder sanft wie ein Lamm, konnte aber aus dem Nichts wütend werden. Dann nahm er, was ihm in die Hände fiel und drosch auf alles ein, was ihm vor die Augen kam. Aber im Gegensatz zu Georg niemals auf Lebewesen. Trotzdem hielt sich Georg zurück, wenn Detlef in der Nähe war. Mit Prügel musste ich nur in der Schlafkammer rechnen, wenn auch der Hund weggesperrt war. Das gab mir eine gewisse Sicherheit.

Georg und Vater hatten versucht, Benni gefügig zu machen und brüllten ihn an. Doch Schimpfen hilft nicht, vielleicht bei Kindern, aber nicht bei Hunden. Ein Hund muss wissen, wo sein Platz im Rudel ist, das lernt er nicht, wenn man ihn anbrüllt. Dann wird er ängstlich, duckt sich und will fliehen. Oder er wehrt sich und beißt.

Benni ließ sich von den Kindern am Fell ziehen und erlaubte ihnen, auf ihm herumzuklettern. Er gehorchte mir und Detlef aufs Wort. Georg erinnerte sich gut daran, wie fest der Hund zubeißt, wenn er mich in Gefahr wähnt. Deshalb tat er so, als gäbe es Benni nicht.

*****

Unsere Kinder waren so grundverschieden, wie es nur Geschwister sein können. Auch äußerlich. Ferdl glich seinem Vater: er war groß und kräftig, hatte ein hübsches Gesicht und blonde Locken. Und er war ebenso laut und derb wie Georg. Sofie und Max sahen aus wie ich: sie hatten einen dünnen schlaksigen Körper und ihre stumpfbraunen Haare hingen glatt wie Bindfäden vom Kopf. Dass sie klug und selbstbewusst waren, merkte keiner so leicht wegen ihrer stillen und in sich gekehrten Art.

Während ihrer ersten vier Lebensjahre war Sofie ein fröhliches Kind, das ohne Pause plapperte, was mich amüsierte und Georg ärgerte. Dann veränderte sie sich. Sie wurde still und ängstlich. Meist versteckte sie sich unter dem dichten Fliederbusch und spielte mit den Katzen. Unser neuer Hund Benni lag immer neben ihr. Wir gaben ihm den gleichen Namen wie dem alten Hund, der inzwischen gestorben war. Menschen ging Sofie aus dem Weg, auch mir und Georg, aber vor allem meinem Vater. Vor ihm lief sie davon.

Obwohl sie später gern zur Schule ging, hatte sie keine Freundin. Sie erledigte eilig ihre Aufgaben und verschwand mit dem Hund im Wald oder bei schlechtem Wetter in der Scheune.

An Geburtstagen und Weihnachten wünschte sie sich jedes Mal ein Buch, am liebsten Geschichten über ferne Länder. Georg hielt Lesen für pure Zeitverschwendung und erlaubte nicht, für Bücher Geld auszugeben.

Ich hatte keine Lust zum Lesen und sowieso keine Zeit dazu. Am Abend nähte oder strickte ich Kleider oder besserte sie aus. Ich wusste, dass Müßiggang ein unverzeihliches Laster ist.

Auch Max war ein stilles Kind. Aber er mochte im Gegensatz zu Sofie die Schule nicht. Er mochte die Rinder, verteilte das Futter und half schon früh beim Ausmisten. Obwohl er die Kühe liebte, trauerte er nicht, wenn sie geschlachtet wurden, weil er schon früh begriff, dass Kühe keine Kuscheltiere sind, sondern unser Lebensunterhalt. Ansonsten war Max ein Träumer, der gern die Wolken beobachtete und die Käfer im Gras. Er mochte auch den Regen, der sanft auf die Wiesen fiel und alles blank wusch.

„Du Depp! Der Regen macht den Boden und die Arbeit schwer", schimpfte Georg.

Oft schlug er ihn ohne den geringsten Anlass.

„Das ist, weil du die Zeit vertrödelst statt auf

dem Hof mit anzupacken."

„Max kümmert sich um die Tiere", verteidigte ich ihn.

Das tat er zusammen mit Detlef zuverlässiger und besser als Georg und Vater. Die mochten die Stallarbeit nicht, aber sie mochten das Fleisch und das Geld, das wir für den Verkauf der Kälber bekamen.

„Max ist ein Nichtsnutz und taugt nicht für den Hof", sagte Georg ein ums andere Mal.

Als meinem Vater die Kraft fehlte, die Felder zu bestellen, nutzten wir das Feld, das direkt am Stall war, zur Weide und Detlef trieb die Tiere täglich hinaus. Uns ging jedes Mal vor Freude das Herz auf, wenn Kühe, Kälber und der Stier aus dem Stall stürmten, in die Luft sprangen, ihre Beine zur Seite warfen und wie wilde Kinder hinaus auf die Weide rannten, um frisches Gras zu fressen und ihre Freiheit zu genießen. Das Vieh mochte sogar den Schnee. Wir banden die Tiere im Stall nicht mehr einzeln fest. Das erleichterte enorm die Arbeit und auch das Decken der Kühe, die nun nicht mehr zum Stier in die Box gesperrt werden mussten. Die Box nutzten wir nur noch zum Abkalben, damit die Kühe ihre Ruhe hatten.

Mit Ferdl gab es von Anfang an nur Schwierigkeiten. Er schrie von Geburt an laut und dauerhaft und ballte dabei seine kleinen Fäustchen. Selten schlief er länger als eine halbe Stunde, was meine ganze Kraft forderte. Ich hatte die Arbeit in der Küche, mit der Wäsche und den beiden Großen. Ferdl konnte ich nur schreien lassen, wenn Georg auf dem Feld oder im Gasthof war. Hörte er den Jungen, wurde er wütend und schimpfte, dass ich nicht einmal mit einem Säugling umgehen kann. Meist band ich mir den kleinen Schreihals während der Hausarbeit auf den Rücken. Das beruhigte ihn zwar nicht, doch er war bei mir. Später, als Ferdinand laufen konnte, musste ich ihn stets im Auge behalten, weil er so unbändig war. Er kletterte auf den Tisch, stellte sich auf das schmale Fensterbrett und erklomm die steile Holztreppe, um auf dem Hosenboden hinunterzurutschen. Ich hatte nur Ruhe, wenn Georg ihn mit aufs Feld nahm. Er war ganz vernarrt in den Jungen und setzte ihn schon auf den Traktor, bevor er richtig laufen konnte.

Als Ferdl drei Jahre alt war, wurde im Nachbardorf ein Kindergarten eröffnet. Sofort meldete ich die Buben dort an, weil Max Spielgefährten brauchte und Ferdl daheim nicht zu bändigen war. Er lief davon und stromerte durchs Dorf, trieb Schabernack, jagte die Hühner über den Hof, ärgerte den Hund und ließ die Gänse des Nachbarn ins Feld laufen.

Einmal kam er mit einem fremden Fahrrad nach Hause.

„Wo hast du das her? Wem gehört das Rad?“, fragte ich außer mir vor Entsetzen.

„Mir gehört´s! Meins!“

„Das ist nicht dein Rad, du hast es gestohlen.“

„Na und? Jetzt hab ich´s! Meins!“

„Du bringst das sofort zurück!“

Doch Ferdinand dachte nicht daran.

„Selber schuld, weil du mir keins kaufst.“

Am Abend erzählte ich Georg davon. Doch der strafte den Dieb nicht, er lachte nur und wirbelte Ferdl durch die Luft.

Sofie ging schon zur Schule, aber für die Buben wäre es gut, mit anderen Kindern in dem neuen Kindergarten zu spielen. Und ich könnte wieder arbeiten gehen. Begeistert erzählte ich Georg davon.

„Den Max kannst du hinschicken, wo immer du willst. Ferdl bleibt bei mir.“

„Versteh doch, ich könnte wieder arbeiten. Die Wohlfahrt sucht Haushaltshilfen.“

„Du willst für Fremde putzen statt meine Brotzeiten zu richten? Wenn dir Arbeit fehlt, gehst in den Stall!“

Ich hatte genug zu tun, aber wir brauchten das Geld, das ich als Dorfhelferin verdienen würde. Allerdings müsste ich vorher den Führerschein machen, damit ich die Höfe, auf denen ich gebraucht werde, problemlos erreichen kann. Aber davon wollte Georg nichts hören.

„Bist narrisch?"

„Ich wäre unabhängiger, könnte im Supermarkt der Stadt einkaufen, das ist günstiger und ich würde Geld verdienen."

Unser Dorfladen war seit zwei Jahren geschlossen und es kam nur einmal pro Woche ein Verkaufswagen, wo man die wichtigsten Lebensmittel kaufen konnte. Doch Nudeln, Brot und Süßigkeiten waren für mich nicht wichtig, weil ich genau das selbst herstellte.

„Du gehört ins Haus!", schrie Georg. „Willst dich nur in der Gegend rumtreiben!"

Noch bevor ich argumentieren konnte, dass tagsüber kein Bus fuhr und es im Ort keinen Kinderarzt gab, schlug Georg mir so heftig ins Gesicht, dass meine Nase blutete.

Sofie

Sofie wurde immer stiller. Sie sang und plapperte nicht mehr und ging mir aus dem Weg. Das machte mir große Sorgen. Ich fragte sie, ob ihr etwas fehlt, aber sie schüttelte den Kopf und schaute mich ängstlich an, als hätte sie Angst vor mir. Ich verstand das nicht.

69

Ich verstand, dass sie Ferdl mied, weil der sie gern ärgerte. Er versteckte ihre Schuhe, bespritzte sie mit Wasser, bewarf sie mit Erde und schrie die gleichen bösen Worte, die Georg und Vater benutzten, meist *bleede Bixn.* Nur mit Max verstand sich Sofie gut. Mit ihm und dem Hund lief sie über die Felder oder versteckte sich im Stall, obwohl sie sich vor den Kühen fürchtete. Sobald Sofie von der Schule nach Hause kam, rief sie nach Benni und blieb in seiner Nähe. Ich hatte nicht den Eindruck, dass sie den Hund besonders mochte. Eher glaubte ich, dass er sie beschützen sollte. Aber wovor?

Wenn Sofie las oder schrieb, beugte sie sich dicht über das Papier.

„Du schreibst mit der Nase! Sitz gerade!", mahnte ich.

Sie gehorchte, saß aber kurz darauf wieder tief über das Heft gebeugt. Ich erzählte Georg davon und bat ihn, mit Sofie zum Augenarzt nach Passau zu fahren, aber er wollte davon nichts wissen.

„Das kommt vom Lesen. Lesen ist schädlich und außerdem Zeitverschwendung."

„Aber Georg! Jeder Mensch muss lesen und schreiben lernen."

„Pff!", schnaufte er verächtlich und winkte mit der Hand ab. „Sie muss kochen lernen. Nach der Hauptschule geht sie zur Wirtschaftsschule, damit sie ihrem Mann was taugt. Punkt."

Eines Tages sah ich, dass Sofies linkes Auge seltsame Farben zeigte, die sich bis auf die Wange herabzogen. Außerdem bemerkte ich geplatzte Äderchen auf dem Augapfel.
„Das müssen wir einem Arzt zeigen", beschloss ich, weil ich eine Augenkrankheit vermutete.
Es war ja deutlich zu sehen, dass sie nicht gut sehen konnte.
„Das vergeht wieder", meinte Sofie lakonisch.
„Der hat nur blöd getroffen."
Sie war also nicht krank, sie war verletzt.
„Wer hat das getan? Prügelt ihr euch in den Schule?", fragte ich empört.
Sofie schnaufte verächtlich.
„In der Schule gibt es keine Prügel, nur daheim vom Vater."
Georg schlug Sofie? Warum? Sie war ein stilles und liebes Mädchen und gab nie Anlass zu Ärger.
„Aber was hat ihn so in Rage gebracht?", fragte ich hilflos.
Ich wusste, dass Georg schnell in Wut geriet und zuschlug. Aber doch nicht Sofie! Gleichzeitig schämte ich mich, weil ich nichts bemerkt hatte und nun Sofie fragte, was ihren Vater in Rage brachte. Das musste für sie klingen, als

wäre sie selbst daran schuld, wenn sie Schläge bekam. So wie damals, als mir der Nachbar nicht half, nachdem mich Georg blutig prügelte. Mir taten meine Worte leid und ich wollte Sofie in den Arm nehmen. Aber sie wehrte mich ab.

„Widersprochen habe ich, das war es!", antwortete sie trotzig.

Das sollte sie nicht tun, weil ihr Vater keinen Widerspruch duldete. Nicht einmal Ferdinand durfte widersprechen. Obwohl ich fürchtete, mit meiner Frage noch mehr kaputt zu machen, wollte ich den Grund wissen.

„Der Vater will, dass ich Hauswirtschaft lerne und heirate. Darauf sagte ich, dass ich Abitur machen und anschließend studieren werde."

Sofie ging gern zur Schule. Sie mochte die Arbeit auf dem Hof nicht. Zu ihr passte es, dass sie weiterlernen wollte. Doch Abitur und Studium dauern viele Jahre, in denen sie nichts verdient, sondern viel Geld kostet. Das würde Georg niemals erlauben, obwohl er Sofie auf dem Hof nicht ertrug. Er wollte, dass sie recht früh wegheiratet.

„Ich weiß, dass du jetzt sagen wirst, er ist der Vater und ich habe zu gehorchen. Das will ich ja auch, aber ich will manchmal sagen, was ich denke."

Ich verstand sie, obwohl es klüger wäre, wenn sie ihre Gedanken für sich behielte und ihren

Vater nicht reizte.

„Er soll ruhig glauben, dass ich zur Wirtschaftsschule gehe und wird nicht merken, dass ich
stattdessen auf dem Gymnasium bin."

„Das wird nicht funktionieren", befürchtete ich
und malte mir aus, was passiert, wenn Georg
den Betrug bemerkt. Er wäre in seinem Zorn
nicht zu bremsen.

Mir fiel ein, dass ich mich in Sofies Alter auch
dem Vater widersetzte und statt Hauswirtschaft
Krankenpflege lernte, um meinen Bruder zu finden. Vielleicht hat Sofie Glück und ihr gelingt
der Betrug.

„Vater ist stark, aber nur körperlich. Im Kopf ist
er schwach. Und das weiß er."

Sie sprach leise, doch ich hörte den Hass in
ihrer Stimme, was mich ängstigte.

„Sofie! So darfst du nicht einmal denken."

„Und doch ist es wahr. Niemand ist den Frauen
gegenüber aggressiver und herablassender als
ein Mann, der seiner Männlichkeit nicht sicher
ist."

Mir verschlug es die Sprache. So hatte ich sie
noch niemals zuvor reden hören.

„Das habe ich mir nicht ausgedacht, das haben
wir heute in der Schule gelesen."

„So etwas lernt ihr in der Schule?"

„Ja, von Simone de Beauvoir. Sie war eine französische Feministin, die für Freiheit, Menschen-

rechte und Emanzipation kämpfte."

Ich wusste, wer Simone de Beauvoir war. Sie war eine französische Schriftstellerin und Feministin, obwohl sie sich von ihrem Freund, einem berühmten Philosophen, entsetzlich ausnutzen ließ. So wie ich mich von Georg und meinem Vater ausnutzen ließ. Beide waren aggressiv, gehässig und herablassend Frauen gegenüber. Aber ich wäre niemals auf die Idee gekommen, dass sie an ihrer eigenen Männlichkeit zweifeln. Im Gegenteil. Ich dachte, sie hielten sich selbst für stark und mich für eine unbedeutend schwache Frau.

Erst viele Jahre später begriff ich, dass Männer starke Frauen nicht aushalten. Sie müssen sie verletzen, demütigen, erniedrigen und betrügen, um sich selbst stark fühlen zu können. Wie armselig!

Es tat mir weh, dass Georg Sofie schlug, aber es tat mir auch weh, dass sie keine Achtung vor ihrem Vater hatte. Auch nicht vor mir, da ich nicht in der Lage war, sie vor Georgs Wut zu beschützte. Aggression ist jedem Lebewesen angeboren. Sie dient dem eigenen Schutz und sollte sich nicht gegen andere richten. Schon gar nicht gegen Kinder.

*****

Eines Tages wollte Sofie kein Fleisch mehr essen. Sie hatte in der Schule einen Film über Massentierhaltung gesehen und kam völlig verstört nach Hause. Die Tiere in diesem Film mussten eng zusammengepfercht auf Metallböden stehen und hatten nicht einmal Platz zum Liegen. Man mästete sie mit Kraftfutter, um sie früh schlachten zu können, karrte sie stundenlang über viele Kilometer in engen LKW durchs Land bis zum Schlachthof, wo sie lange, bevor sie selbst erschossen werden, die Todesangst der anderen Tiere hautnah mitbekommen und das Blut riechen. Diese grauenhaften Szenen raubten Sofie den Schlaf und den Appetit auf gesunde Ernährung. Wozu zeigt man Kindern derartig abscheuliche Filme, in denen es um schlechte Tierhaltung und das Töten geht? Statt ihnen zu zeigen, wie es besser geht.

„Aber Sofie! Du weißt doch, wie unsere Tiere leben. Sie haben Platz im Stall, dürfen auf die Weide, die Kälber bleiben bei ihren Müttern in der Herde und werden direkt vor Ort geschlachtet. Und zwar so, dass sie es nicht einmal merken."

Leider trösteten meine Worte Sofie nicht. Sie war völlig verzweifelt und schwor, niemals mehr Wurst oder Fleisch zu essen.

„Der Lehrer sagt, dass 98 Prozent des Fleischs, das man im Laden kaufen kann, aus Massentierhaltung stammt. Das ist furchtbar. Ich hasse alle Bauern."

„Es sind nicht alle Bauern gleich. Viele lieben ihr Vieh."

„Vater und Opa lieben unsere Tiere nicht. Nur Max und Detlef lieben sie."

Was ich auch sagte, Sofie hatte immer eine Antwort und ließ sich durch nichts beruhigen. Sogar Eier lehnte sie ab. Fand sie welche im Stall, versuchte sie, sie unter einer Lampe auszubrüten, damit die Küken überleben. Nicht einmal Milch wollte sie trinken, weil sie glaubte, wir melken die Kuh ganz gegen ihren Willen. Und wenn wir uns Butter aufs Brot schmierten, sah sie uns böse an.

Georg quälte Sofie mit üblen Bemerkungen, dass sie deshalb so hässlich sei, weil sie nur Gemüse isst. Sie würde saft- und kraftlos bleiben und keinen Mann abkriegen.

Sofie beschützte auch die Katzen vor ihrem Vater, der sie Drecksvieh schimpfte und nicht im Haus duldete. Sie sollten in der Scheune Mäuse fangen, weil sie nur dazu taugen. Die Welpen erschlug er mit einem Stock und warf sie auf den Mist. Er hielt es nicht einmal für nötig, die toten Kätzchen zu verbergen.

„Du Mörder!", schrie Sofie aufgebracht.

Georg nahm sofort den Stock und drosch damit auf Sofies Rücken. Doch sie zuckte nicht und nahm mit hoch erhobenem Kopf die Schläge in Kauf. Das machte Georg rasend. Er wollte, dass sie vor Angst und Schmerzen auf dem Boden lag, bitterlich weinte und um Gnade bat. Doch den Gefallen tat sie ihm nicht.

Sofie wollte mit ihrem Fleischverzicht Kinder in Afrika vor dem Verhungern retten. Für den Klimawandel malte sie Plakate und bastelte aus Holz Spielsachen für Kriegskinder in fernen Ländern. Sie begriff nicht, dass ihr Verzicht auf Fleisch, ihr Plakat und ihr Spielzeug keinem Kind half. Mit dem fremden Elend verdarb sie sich ihre eigenen Lebensqualität und konnte doch nichts, aber auch gar nichts an der Welt ändern.

Mich nannte sie unsolidarisch und gleichgültig. Vielleicht hatte sie Recht. Aber ich sah meine Aufgabe in meiner Familie, auf unserem Hof.

Der Unfall

Wir wollten keine Kinder mehr, denn mit unseren dreien waren wir zufrieden. Georg hatte mit Ferdinand seinen gewünschten Erbhofbauern. Der Bub eiferte seinem Vater in allem nach und kannte sich mit seinen erst acht Jahren bestens in der Feldwirtschaft und der Landtechnik aus.

Das freute Georg und auch mich.

Max schien ein guter Viehzüchter zu werden, doch das interessierte Georg nicht. Er achtete nur auf Ferdl.

Sofie mochte weder das Feld noch den Stall, aber das störte Georg nicht, weil sie nur ein Mädchen war und so schnell wie möglich heiraten und den Hof verlassen sollte. Er brauchte sie nicht. Sofie half mir in der Küche, doch sie tat es nicht gern.

Obwohl wir keine Kinder mehr wollten, war Verhütung ein schwieriges Thema. Georg verbot mir, die Pille zu nehmen, weil sie in die natürliche Ordnung des Menschen eingreift. So hatte es der Priester von der Kanzel herunter gesagt. Er lehnte es auch rigoros ab, an den fruchtbaren Tagen ein Kondom zu benutzen.

So kam es, dass ich acht Jahre nach Ferdl wieder schwanger wurde und nicht wusste, wie ich das Georg beibringen soll. Ich wusste nur, dass er furchtbar wütend werden und allein mir die Schuld in die Schuhe schieben wird. Aber es half nichts, ich musste all meinen Mut zusammennehmen und Georg die Schwangerschaft beichten. Heute noch. Je länger ich damit wartete, desto rasender wäre sein Zorn. Doch ich wollte nicht mit ihm allein sein, weil ich fürchtete, dass er mich nicht nur beschimpft, sondern schlägt, vielleicht sogar in den Bauch tritt wie damals bei meiner ersten Schwangerschaft. Ich musste dafür sorgen, dass Detlef in der Nähe war, der notfalls eingreifen und mich beschützen konnte. Eine Abtreibung kam nicht in Frage, denn die war für die katholische Kirche ein verabscheuungswürdiges Verbrechen und außerdem damals noch strafbar.

Ich hatte Bratkartoffeln mit Kotelett vorbereitet, weil es Georgs Leibgericht war und ich hoffte, ihn damit milde zu stimmen. Eigentlich soll man keine Probleme am Esstisch besprechen, aber mittags war die beste bzw. einzige Gelegenheit für ein Gespräch. Zum Mittagessen saß Georg am Tisch und war nicht wie sonst draußen unterwegs. Außerdem waren nur Vater und Detlef im Haus, die Kinder kamen erst am Nachmittag aus der Schule. Die Abende verbrachte Georg gern in der Wirtschaft, danach war es nicht ratsam, mit ihm zu diskutieren.

Georg hatte sich heute Morgen einen Mähdrescher geliehen, um Getreide zu mähen, auszudreschen und vom Stroh zu trennen. Das Feld war zu klein, als dass sich ein eigenes Gerät lohnte. Georg liebte die Technik und ganz besonders große Maschinen. Deshalb hoffte ich, dass er stolz und zufrieden an den Esstisch kam und vor Freude über den Mähdrescher die

Schwangerschaft nicht gar so dramatisch sah.

Aber er kam nicht. Es war Ferdinand, der zur Tür hereinpolterte. Er warf seine Tasche in die Ecke und setzte sich an den Tisch.

„Wasch dir erst die Hände!"

Ferdinand ignorierte meine Mahnung, griff sich ein Kotelett und biss hinein. Mit den Augen überprüfte ich die verbliebenen Fleischstücke auf dem Teller. Es waren noch fünf, also genug für Georg und vielleicht ein zweites Stück für Vater oder Ferdl. Ich konnte auf Fleisch auch mal verzichten. Mit Ferdl hatte ich allerdings nicht gerechnet.

„Du kommst früh. Sind Stunden ausgefallen?"

„Lass den Bua essen!", wies mich Vater zurecht.

Ferdl brummte nur kurz und biss erneut in sein Fleisch, ohne es auf den Teller zu legen und mit Messer und Gabel zu zerteilen. Gern hätte ich gewusst, wie er um diese Zeit von Passau nach Hause kam. Doch darauf würde er vermutlich ebenfalls nicht antworten.

„Wo is Bab?", fragte Ferdl mit vollem Mund.

„Auf dem Feld."

„Is der Mähdrescher noch da?"

Das also war der Grund für Ferdinands frühes Heimkommen. Er wird wieder einmal mitten im Unterricht weggelaufen sein, denn ihn interessierte die Feldtechnik weit mehr als die Schule.

Georg würde ihn fürs Schule-Schwänzen nicht tadeln, sondern sich freuen, wenn er aufs Feld kam.

„I geh naus!"

„Warte!", hielt ich Ferdinand zurück. „Nimm deinem Vater eine Brotzeit mit!"

Eilig packte ich drei Koteletts, Butterbrote und zwei Flaschen Bier in einen Korb. Ferdl ergriff den Korb, drehte mir den Rücken zu und rannte los. Er wusste genau, auf welchem Feld Georg arbeitete und würde seinem Vater helfen. Vor dem Abendessen war nicht mit ihnen zu rechnen, weshalb ich Georg erst am Montag gestehen wollte, dass ich schwanger war. Denn am Wochenende waren die Kinder den ganzen Tag auf dem Hof und es gäbe keine Möglichkeit, sie vor Detlefs Wutanfall zu schützen.

*****

„Wo bleiben die beiden nur?"

Ich stand am Fenster und hielt Ausschau nach Georg und Ferdinand, während Sofie den Tisch für das Abendessen deckte.

„Wir warten und warten, während Georg längst mit dem Buben im Gasthof sitzt, nachdem er den Mähdrescher abgegeben hat."

„Morgen ist Samstag, also schulfrei", gab Sofie zurück und hoffte, mich damit zu beruhigen.

Aber das beruhigte mich nicht, im Gegenteil. Ich wollte nicht, dass Ferdl zwischen den Männern im Zigarettenqualm der Gaststube saß und Bier trinken durfte. Er war erst acht Jahre alt. Außerdem befürchtete ich, dass mich bis Montag der Mut für mein Geständnis verließ.

In diesem Moment klingelte das Telefon. Das passierte höchst selten, denn Georg rief nie an, auch nicht, wenn er sich verspätete. Im Grunde meldete sich nur meine Arbeitsstelle, wenn es einen neuen Einsatz für mich gab und ab und zu die Schule.

„Klinikum Rechts der Isar München, Schwester Marlene. Die Operation ist gut verlaufen, Ihr Mann liegt im Moment auf der Wachstation und kann in zwei Tagen besucht werden."

„Georg?"

„Wie bitte?"

„Sie sprechen von meinem Mann, Georg Gruber? Was ist denn passiert?"

„Am Telefon geben wir keine Auskunft. Sie können übermorgen direkt mit dem Arzt sprechen."

Diese Krankenschwester sprach von Georg! Er war verletzt! Hatte er einen Unfall? Ich wusste davon nichts. Ich wusste gar nichts. Schon gar nicht, warum er operiert wurde. Und wieso in München? Wir hatten in Passau, also ganz in der Nähe, eine große Klinik. Warum also war Georg in München? Und wo blieb Ferdinand?

In Panik rannte ich aus dem Haus und rief den Buben, aber ich fand ihn nicht.

Ich lief in den Kuhstall und hoffte, wenigstens Detlef zu finden. Er konnte mir das Feld zeigen, auf dem Georg gearbeitet hat und wo ich Ferdl vermutete.

„Detlef!"

„Mama, wir sind hier", meldete sich Max.

Er kauerte neben Detlef in einer Ecke im Stall.

„Was ist los?", rief ich schon von weitem, erhielt aber keine Antwort.

Ich schaute in zwei völlig verstörte Gesichter.

„Was ist passiert?"

„Der sagt nichts, der ist völlig verrückt. Ich weiß nicht, was der hat."

Max hörte sich verzweifelt an, weil er wohl nicht wusste, wie er Detlef beruhigen kann. Ich hockte mich neben meinen Bruder und legte meine Arme um seine Schultern. Dabei spürte ich, wie sehr er zitterte.

„Was ist mit dir? Warum weinst du?"

„Ge-he-horg."

„Was ist mit Georg passiert?", schrie ich ihn an.

Ich wusste, dass laute Worte Detlef verschrecken und er dann gar nichts mehr sagt. Aber ich war zu aufgeregt, um mich zu beherrschen.

„Du musst es mir sagen!", versuchte ich es noch einmal etwas ruhiger. „Hörst du?"

Detlef nickte und stammelte ein paar zusammenhanglose Silben, bekam aber kein klares Wort heraus.

„Mäh … ab … laut …"

So wird das nichts. Laute Geräusche vertrug Detlef nicht, Mäh bedeutet Mähdrescher, aber was meint er mit ab. War Georg mit der Maschine abgefahren oder war etwas abgebrochen?

„Jetzt bin ich ja da und alles wird gut."

„Nichts gut."

„Weshalb glaubst du, dass es nicht gut wird?"

Detlef klopfte auf seinen rechten Arm und wiederholte: „Ab."

„Der Arm ist ab?"

Detlef schluchzte laut auf.

„Georgs Arm ist ab?", rief ich entsetzt aus.

Detlef nickte und heulte: „Jaha. Arm ab. Luft."

Er hob seinen Arm und wies damit Richtung Dach.

„Der meint wohl ein Flugzeug, vielleicht einen Hubschrauber", vermutete Max.

„Viel Leut. Viel, viel Leut."

„Du zeigst mir jetzt, was passiert ist", befahl ich und packte seine Hand.

„Nein! Will nicht!"

Ich wusste nicht, ob es richtig war, den ängstlichen und verwirrten Detlef zu zwingen, mir die Unglücksstelle zu zeigen. Aber ich hatte keine Wahl. Ich musste wissen, was passiert ist und hoffte, dabei auch Ferdinand zu finden.

„Und du", ich stieß Max gegen die Schulter, „gehst hinein und hilfst Sofie!"

Max trottete widerwillig Richtung Haus und Detlef führte mich aufs Feld.

„Mäh, viehiel Messer", schluchzte er.

Den Mähdrescher, den sich Georg am Morgen ausgeliehen hatte, konnte ich nirgendwo entdecken. Das Feld war nur zur Hälfte gemäht, das gedroschene Getreide und gebündelte Stroh lag verstreut zwischen den Stoppeln. Ferdinand sammelte die Bündel ein und schichtete sie auf einen Haufen.

„Babb is nich da", sagte er missmutig. „Der hat alles liegen lassen und ich weiß nicht, warum."

„Das hast du gut gemacht", lobte ich Ferdl.

„Die ham do wos gschlacht."

Ferdl zeigte auf einen dunklen Fleck und Detlef fing sofort wieder an zu heulen.

„Bleeder Depp, Fleisch willst a!", schimpfte Ferdinand.

„Geh heim!", befahl ich. „Brotzeit ist fertig."

Ich schaute mir den Fleck genauer an, es war tatsächlich Blut, Georgs Blut! Offenbar hatte es mit dem Mähdrescher einen Unfall gegeben, wobei Detlef verletzt wurde. Wenn man ihn, wie Max vermutete, mit einem Hubschrauber wegbrachte, musste es ein sehr schwerer Unfall gewesen sein. Doch dass Georg dabei einen Arm verloren haben könnte, schob ich weit von mir.

Detlef schlug die Hände vors Gesicht und zitterte am ganzen Körper. Ich sah, dass er völlig außer sich war. Vermutlich hatte er das Unglück miterlebt, obwohl er normalerweise nicht mit Georg aufs Feld ging. Also umfasste ich seinen Arm und zog ihn mit mir fort, zurück zum Hof.

Unterwegs versuchte ich, mehr über den Unfall zu erfahren und stellte Detlef Fragen, die er nur mit Ja oder Nein beantworten musste. Er verfügte nur über wenige Worte, die für zusammenhängende Sätzen nicht reichten. Wenn er aufgeregt war wie jetzt, verstand man ihn gar nicht. Aber ich *musste* ihn verstehen. Ich musste wissen, was passiert war.

Aus Detlefs Gestammel reimte ich mir folgendes zusammen: Georg geriet mit einem Arm in die Schneidemesser der Mähmaschine, die ihm den kompletten Arm abtrennten. Vater war zufällig in der Nähe, hörte Georgs Schreie und schickte Detlef zum Nachbarn, um Hilfe zu holen.

„Wo ist Vater?"

„Gast...hast...hof."

Vater betrank sich, statt mich zu informieren. Das war so typisch für ihn! Er besprach den schrecklichen Unfall mit seinen Saufkumpanen, während ich ahnungslos Essen kochte und Unkraut zupfte. Immerhin hat er wenigstens Hilfe rufen lassen, bevor er sich verdrückte.

Viel mehr konnte mir Detlef nicht erzählen, nur, dass wohl bald ein Krankenwagen und schließlich ein Hubschrauber kam, der Georg mitnahm. Nach München!

*****

München! Wie sollte ich nach München kommen? Georg besaß zwar ein Auto, aber ich keinen Führerschein. Das rächte sich jetzt. Auch Vater hatte keine Fahrerlaubnis. Er besaß nur ein Moped, mit dem er Ferdl herumfahren ließ, was mir überhaupt nicht gefiel, weil der Junge erst acht Jahre alt war.

Die Schwester am Telefon sagte, Georg darf in zwei Tagen besucht werden. In zwei Tagen ist Sonntag und sonntags fuhr nur ein einziger Bus nach Passau und der erst gegen Mittag. Ab Passau käme ich mit dem Zug nach München. In München würde ich ein Taxi zur Klinik nehmen.

Allerdings müssten die Kinder den ganzen Tag allein bleiben. Bei Sofie und Max hatte ich keine Bedenken, sie waren mit zehn und zwölf Jahren alt genug, um allein auf dem Hof zu bleiben und die Tiere zu füttern. Aber Ferdl würde Dummheiten anstellen. Auf seine großen Geschwister hörte er nicht, nur auf seinen Vater. Mein Vater war auch keine Hilfe. Er würde den Tag in der Kirche, im Gasthof und in seiner Werkstatt verbringen. Auf seine Enkel würde er nicht achten. Es gab nur eine Möglichkeit: Ich musste Ferdinand mit nach München nehmen.

*****

Der Nachbar brachte uns früh am Morgen nach Passau zum Bahnhof, drei Stunden später kamen wir in München an und noch eine halbe Stunde später in der Klinik. Georg lag nicht auf der Intensivstation, sondern in einem ganz normalen Krankenzimmer zusammen mit einem alten Mann, der ständig weinte.

„Der Alte hat Phantomschmerzen. Ihm tun die Beine höllisch weh, obwohl er gar keine mehr hat", erklärte Georg lachend.

Auch Ferdinand fand das lustig und kicherte. Ihn störte mein mahnender Blick nicht, zumal ihm sein Vater zuzwinkerte.

„Der Arzt will mir eine Prothese verpassen, aber was soll ich damit? I wui hoam!"

„Aber das geht doch nicht", wandte ich ein.

„Was geht und was nicht geht, bestimme immer noch ich", wies Georg mich zurecht. „In spätestens zwei Wochen bin ich wieder daheim."

„So schnell?", fragte ich ungläubig.

„Passt dir wohl nicht? Gnade dir Gott, wenn du das Vieh nicht ordentlich versorgst!"

Was sollte ich dazu sagen? Georg hat sich noch nie um das Vieh gesorgt. Das erledigten Detlef und Max. Schwieriger war es mit der Feldarbeit. Ferdinand konnte das nicht allein bewältigen und Georg mit seinem fehlenden Arm nicht mehr richtig zupacken.

„Ich pass auf Mutter auf", bot sich Ferdl an.

„Bist ein braver Bua", lobte Georg. „Aus dir wird ein guter Bauer, ein echter Kerl, auf den man sich verlassen kann."

„Ich hab das Stroh auf dem Feld gebündelt", verkündete Ferdinand stolz.

Obwohl er erst acht Jahre alt war, konnte der Junge tatsächlich erstaunlich hart zupacken und verstand vor allem viel von der Feldarbeit. Aber er war noch zu klein für schwere Arbeit. Max war zwar älter, aber nicht so kräftig wie Ferdl. Er war dünn wie ich. Außerdem duldete Georg Maximilian nicht auf dem Feld und ließ ihn nicht an seine Maschinen. Das Leben auf dem Hof würde schwierig werden mit einem Bauern, der nur noch einen Arm hatte.

Und jetzt war ich auch noch schwanger.

Georg lag im Bett und trug mir Aufgaben auf, die ich zu erledigen hatte und die er mir gleichzeitig nicht zutraute.

„Wenn du bleede Brunzkachl mir den Hof versaust, derschlog i di!", drohte Georg.

Doch jetzt lag er hilflos im Bett und konnte mir

nichts tun. Also beschloss ich, diese günstige Gelegenheit zu nutzen, trat aber sicherheitshalber einen Schritt zurück, als ich sagte: „Ich bin schwanger."

„Hast mich reingelegt, du bleede Britschn!", schrie Georg und spuckte in meine Richtung.

So sah er das, obwohl *er* es war, der mit mir schlafen, aber keine Kinder und nichts von Verhütung wissen wollte.

„Gott gebietet den Menschen, fruchtbar zu sein und sich zu mehren", entgegnete ich leise. „Der Pfarrer sagt, das Leben beginnt mit der Zeugung und steht sofort unter Schutz."

„Willst mich belehren, du Mistbritschen?"

„Mistbritschen!", kreischte Ferdinand vergnügt.

Das Wort gefiel ihm und er sagte es während der gesamten Rückfahrt immer wieder. Von mir ließ er sich nicht den Mund verbieten, das war mir klar. Dafür hatten Georg und mein Vater gesorgt und ich hatte es nicht zu verhindern gewusst.

*****

Georg kam drei Wochen später nach Hause. Er war unleidlicher als je zuvor, was ich gut verstand. Ihm fehlte der rechte Arm und er hasste es, wenn ich ihm beim Anziehen helfen musste. Allein bekam er nicht einmal seine Hosen hochgezogen. Ungeduldig trat er nach mir, weil ihm nichts schnell genug ging. Um nicht zugeben zu müssen, dass er nun auf mich und meine Hilfe angewiesen war, wurde er schnell grob.

„Hol mir den Stock!", befahl er.

„Den aus dem Stall?", den Detlef benutzte, um den Stier auf Abstand zu halten. „Willst du dich aufstützen?"

„Hoids Maul!", schrie er. „Schick di!"

Als ich ihm den Stock brachte, schlug er mir damit auf den Kopf. Er brauchte ihn, um mich zu schlagen! Und ich war dumm genug, ihm den Stock zu bringen. Wie benebelt stand ich neben Georg und kapierte gleichzeitig, dass zur Bosheit immer zwei gehören: einer, der böse ist und einer, der es sich gefallen lässt. Schnell trat ich einen Schritt zurück und ließ die Joppe, die ich in der Hand hielt, zu Boden fallen.

„Ich muss dir nicht helfen", sagte ich und drehte mich zur Tür.

„Du bleibst!", brüllte er und wurde vor Zorn puterrot im Gesicht. „Du bist mein Weib und tust, was i dir anschaff."

„Ich helfe dir, weil du Hilfe brauchst, aber nicht, weil du mein Mann bist und schon gar nicht, wenn du mich schlägst."

„I schlog di, so lang i wui!"

Wortlos ging ich hinaus in den Garten, wo ich ihn noch lange fluchen hörte. Ich zitterte vor

Angst und gleichzeitig vor meinem Mut, ihm die Stirn geboten zu haben. Und ich nahm mir vor, künftig klüger zu handeln als bisher. Er konnte mich mit nur einem Arm nicht mehr so arg verprügeln wie früher. Wenn er mit dem Stiefel trat, musste ich nur einige Schritte zurückweichen. Verlor er dabei das Gleichgewicht, würde ich ihm nicht aufhelfen, sondern davonlaufen.

Leider verließ mich mein Mut noch am gleichen Tag. Doch immerhin wusste ich nun, dass ich zumindest eine Teilschuld trug, wenn ich die Schläge gleichmütig hinnahm.

Die Feldarbeit bewältigte Georg mit Hilfe der Technik erstaunlich gut, zumal es nach der Getreideernte nicht mehr viel zu tun gab. Wenn ein Handgriff mit dem einen Arm nicht sofort klappte, wurde er wütend. Alles machte ihn wütend, die Arbeiten, die er nicht mehr ausführen konnte, aber auch das Nichtstun.

Trotzdem half er nicht im Stall und überließ die Arbeit Detlef und mir. Ich hatte im Haus genug zu tun, doch Georg ertrug meinen Anblick nicht und schickte mich immer wieder in den Stall.

„Schaff mir die fette Wampe aus den Augen!", schimpfte er.

In der *Wampe* wuchs unser Kind. Es wuchs ungewöhnlich schnell, so dass mir mein Bauch ständig im Weg war. Bücken konnte ich mich gar nicht mehr und mir fiel jeder Schritt von Tag zu Tag schwerer. Weil ich außerdem unter starker Übelkeit und Erschöpfung litt, wollte ich in Passau einen Frauenarzt aufsuchen.

Georg dachte, ich wollte mich nur vor der Arbeit drücken und schrie: „Du bleibst und tust deine Arbeit!"

Dabei wäre es daheim bequemer gewesen als die anstrengenden Fahrten mit dem Bus in die Stadt. Die Straßen waren schlecht, so dass es mich unerträglich durchschüttelte und bei jeder Kurve sauer aufstieß. Morgens fuhr ich mit dem Bus nach Passau und wenn ich den Mittagsbus verpasste, musste ich die zwölf Kilometer bis nach Hause laufen. Meine Arbeit auf dem Hof erledigte sich inzwischen nicht von allein.

Einmal nahm mich eine Frau in ihrem Auto bis zum Dorf mit.

„Sie haben keinen Führerschein, obwohl Sie so abseits wohnen?"

Sie hatte leicht reden, sie kannte Georg nicht.

„Was machen Sie, wenn das Kind da ist?"

Dann wäre ich weiter auf den Bus angewiesen, was gar nicht gut wäre. Die Frau hatte Recht. Ich ärgerte mich über mich selbst, weil ich mir von Georg die Fahrerlaubnis verbieten ließ, die auf dem Land so wichtig ist. Spätestens nach Georgs Unfall hätte ich mich zur Fahrschule anmelden müssen, weil Georg mit dem einen Arm nicht mehr selbst fahren konnte.

Nach meinem nächsten Arzttermin in der Stadt meldete ich mich bei einer Fahrschule an. Das ging schnell. Doch hinterher packte mich die Angst, weil der Fahrlehrer von etwa dreißig Fahrstunden sprach und von Kosten um die tausend Mark. So viel Geld besaß ich nicht. Ich musste Georg fragen.

„Schorsch ..."

„Schorsch bin i nur für meine Freind. Nit für di!"
Betroffen schwieg ich.

„Willst was, ha?!"

Er hatte Recht. Den vertraulichen Kosenamen hatte ich schon lange nicht mehr benutzt und mir eingebildet, ihn damit milde zu stimmen für mein Anliegen. Ich wollte unbedingt den Führerschein machen, wusste aber nicht, wie ich das Georg beibringen sollte, zumal die Stunden so teuer waren. Aber vielleicht war ihm von ganz allein klar, dass ich ihm und den Kindern mit einem eigenen Auto viel besser helfen könnte.

„Ich will nichts haben. Ich will dich nur informieren, dass ich mich zur Fahrschule angemeldet habe."

Weiter kam ich nicht. Georg holte aus, aber darauf war ich gefasst und trat einen Schritt zurück, so dass er ins Leere schlug. Das brachte ihn zum Straucheln und er fiel hart gegen den

Küchentisch. In seiner Wut packte er alles, was er greifen konnte, und warf Teller, Tassen und eine Schüssel aus dem Fenster. Ängstlich blieb ich im Hintergrund stehen und beobachtete, ob er auch nach dem Besteck greift und das große Brotmesser nach mir wirft. Aber das tat er nicht und ich atmete erleichtert aus. Ich war fest entschlossen, dieses Mal nicht nachzugeben.

„Mitteilen? Bist narrisch worn? Fragen musst!"

„Mit dem Auto wäre ich viel schneller als mit dem Bus."

„Du gehörst ins Haus! Rumstrawanzen willst!"

„Zum Frauenarzt muss ich", gab ich zurück.

„Der Bus fährt nur zu bestimmten Zeiten. Mit dem Auto wäre ich unabhängiger."

Ich hatte das Wort *unabhängig* kaum ausgesprochen, da wusste ich, dass es das falsche Wort war. Unabhängig. Das stand mir nicht zu. Aber nun war es gesagt und Georg spuckte mir seine Antwort ins Gesicht. Er warf mir alle Schimpfworte an den Kopf, die ihm einfielen. Doch das war ich gewöhnt.

„Mein Auto rührst nit an! Sonst derschlag i di."

„Nein, dein Auto rühre ich nicht an. Es ist mir zu groß und unpraktisch. Du solltest es verkaufen, weil du es seit deinem Unfall nicht mehr fahren kannst."

„Du bleede Watschnfresse!"

Ich ließ ihn fluchen, denn er wusste so gut wie

ich, dass er mit seinem Stumpf die Gangschaltung nicht erreichte.

In seinem Zorn rief Georg bei der Bank an und verlangte, dass mir der Zugang zu unserem Konto gesperrt wird. Ich hörte zwar nicht, was der Bankangestellte sagte, doch offenbar ging das nicht so einfach, wie er sich das vorstellte.

„Es ist allein *mein* Geld, also auch mein Konto!"
Es war keineswegs allein sein Geld, es war unser Geld. Ich leistete meinen Beitrag ebenso wie er.

Vermutlich antwortete der Mann am Telefon so ähnlich.

„Morgen fahrn wir zur Bank. Du unterschreibst!"
„Was soll ich unterschreiben?"
„Stell dich nicht damischer als du bist! Ich wui di aus meinem Konto raushaben."
„Aber ich will das nicht."
Georg warf die Stühle um und drohte: „Du tust, was ich sag!"
„Ich werde von unserem Geld die Fahrschule bezahlen und ein kleines praktisches Auto kaufen."

Auch wenn mir jeden Tag die Angst durch Mark und Bein kroch, blieb ich dabei und besuchte regelmäßig die Fahrschule. Nachts schloss ich meine Schlafkammer ab und war im Nachhinein froh, dass Georg meine Nähe mied, seit ich schwanger war.

Und ich kaufte neues Geschirr. Feines Porzellan mochte ich nicht, es passt nicht in eine Bauernstube, ist teuer und geht schnell kaputt. Ich mochte Steingut, das widerstandsfähiger ist als Keramik und nicht so leicht bricht. Ich wählte jeweils acht Becher, kleine Schüsseln und flache Teller in unterschiedlichen Farben aus: rot, gelb, grasgrün, tannengrün, grau, braun, hell- und dunkelblau. Das machte den Tisch wunderbar bunt und es gab keine Verwechslungen.

*****

Meine Welt war nie bunt. Ich holte mir die Farben von den Blumen aus meinem Garten und von den Kindern. Georg mochte keine Blumen, er nannte sie unnützen Firlefanz. Dabei hatte ich nicht nur üppig blühende Stauden wie Dahlien und Stockrosen in meinem Bauerngarten, sondern vor allem viel Gemüse wie Zwiebeln, Bohnen, Blumenkohl, Möhren, Kohlrabi, Tomaten und für den Winter Wirsing und Rosenkohl, aber auch Erdbeeren und Kräuter. Eigentlich wollte ich gern Bienen züchten, weil Honig so gesund ist und sich im Ort gut verkaufen ließe, doch Georg wurde zornig und verbot es mir.

„Deine ewig bleedn Ideen!", schimpfte er. „Bist

nie mit dem zufrieden, was du hast."
Ich war zufrieden, jedenfalls zufriedener als er.

Ludwig

Weihnachten kamen unsere Zwillinge. Vier Wochen zu früh, doch das ist bei Zwillingen normal. Leider durfte ich sie nicht wie meine anderen Kinder daheim entbinden, weil das bei Mehrlingsgeburten nicht erlaubt ist. Es waren zwei Buben, Peter und Ludwig.

Wiggerl war ein Schreikind wie damals Ferdl und forderte meine ganze Aufmerksamkeit, weil er sich ständig drehte und wendete und schon früh versuchte, sich überall hochzuziehen.

Bäda dagegen blieb ruhig dort liegen, wo ich ihn ablegte, rührte und meldete sich nicht.

Als Wiggerl bereits das Laufen versuchte, lag Bäda noch flach auf dem Rücken und machte keine Anstalten, sich aufzusetzen. Das kam mir sehr gelegen, denn dadurch musste ich auf Peter nicht weiter achten. Ich sorgte mich mehr um Ludwig, den ich nicht aus dem Auge lassen konnte. Alles fasste er an, riss etwas herunter, kroch hinauf und machte unglaublich viel Lärm.

Bäda weinte nur am Abend, wenn ich ihn ins Bett trug. Er lag den ganzen Tag und hatte wohl vom Liegen Schmerzen, weshalb ich ihn vom

Kinderarzt untersuchen ließ. Der stellte eine geistige Behinderung fest. Näheres sollte bei einer gründlichen Untersuchung in der Klinik herausgefunden werden. Aber das wollte ich nicht. Die Untersuchung wäre nicht angenehm für das Kind und würde an seiner Behinderung nichts ändern.

Obwohl Peter ungewöhnlich lieb und ruhig war, lehnte Georg ihn ab.

„Der wird nie was, der taugt nix. Du bleede Kuh hast mir die Bälger untergeschoben. Schaff mir den Deppen vom Hof!", schimpfte Georg. „Zwei Gestörte sind zwei zuviel."

Mit den zwei Deppen meinte er Peter und meinen Bruder. Er hasste Detlef, obwohl der ihm viel Arbeit abnahm und trotz seiner Behinderung zuverlässig die Rinder versorgte und die gesamte Stallarbeit fast ganz allein erledigte. Ich wünschte mir, dass der kleine Peter eines Tages so zupacken kann wie Detlef, dann wäre ich glücklich und zufrieden. Georg sollte ebenfalls zufrieden sein, denn Peter ist ebenso sein Sohn wie Ludwig.

Aber Georg liebte nur sein Wiggerl und nahm ihn wie damals Ferdl mit aufs Feld, sobald er laufen konnte. Er setzte ihn vor sich auf den Traktor und ließ ihn das Lenkrad festhalten, was den Kleinen glücklich machte. Aus Freude über den Jungen kaufte mir Georg einen Propangasherd. Der erleichterte meine Hausarbeit erheblich. Im Nu kochte das Wasser und ich musste nicht mehr so oft den Herd anheizen für die Wäsche und das Mittagessen.

Ich hatte das Gefühl, dass es uns gut ging. Und ich hatte meine Freude am kleinen Peter. Auch Sofie liebte den Kleinen und schleppte ihn umher, wenn sie von der Schule kam.

Georg dagegen nutzte jede Gelegenheit, Peter und Detlef mit sinnlosen Aufgaben zu quälen. Beide verstanden nicht, dass er nur gemeinen Schabernack mit ihnen trieb, wenn sie zum Beispiel Kartoffeln oder Holzscheite zählen sollten. Sie taten gewissenhaft alles, was Georg befahl und wurden am Ende nur verspottet. Und zwar nicht nur von Georg, auch von Ferdinand und Vater.

Vater wollte Peter nicht auf dem Hof behalten, weil der seiner Meinung nach ins Heim gehörte wie damals Detlef. Der Schock, als Detlef nicht mehr daheim war, saß mir auch nach dreißig Jahren noch in den Gliedern. Deshalb ließ ich Peter keinen einzigen Augenblick allein zu Haus, weil ich immer fürchtete, er sei nicht mehr da, wenn ich zurück bin. Als Georg meine Angst bemerkte, quälte er mich mit der Drohung, dass er den *unnützen Fresser* ins Heim gibt. Heute weiß ich, dass es sehr dumm von mir war, aus lauter Angst Georg zu Willen zu sein. Das machte mich verletzlicher und für Georg zum lächerlichen Objekt.

Ich litt nicht darunter, dass ich für Georg als Mensch nicht vorhanden war. Ich war daran gewöhnt, dass er nicht mich, sondern nur meine Funktion brauchte. Ich war dazu da zu kochen, zu putzen, zu waschen und die Kinder zu versorgen. Aber ich litt darunter, dass er unseren Max verachtete. Max konnte mit der Ablehnung seines Vaters nicht umgehen. Er versuchte, ihm alles recht zu machen, um beachtet zu werden. Als er merkte, dass das nicht funktionierte, ging Max seinem Vater aus dem Weg. Auch mir ging er aus dem Weg, weil Georg ihn Muadabuali nannte. Doch ein Muttersöhnchen wollte Max nicht sein.

Nun hatte ich nur noch den kleinen Peter, der den ganzen Tag vergnügt vor sich hin brabelte, mir viel Freude machte und mich vergessen ließ, dass ich noch vier weitere Kinder hatte, die aber meine Nähe nicht suchten.

*****

Inzwischen ging ich wieder arbeiten, was mehrere Vorteile hatte. Ich war sozialversichert und konnte von meinem Lohn den Kindern neue

Kleidung kaufen, wofür Georg kein Geld ausgeben wollte. Er trug seine Latzhose, bis sie verschlissen war und irgendwann auseinander fiel. Auch ich trug nur eine Schürze, im Winter einen Pulli und eine lange Hose darunter. Ich habe mir nie viel aus Kleidern gemacht und schon gar nicht aus Mode. Wozu auch? Auf einem Bauernhof denkt man praktisch und sparsam. Aber ich legte Wert auf gute und feste Gummistiefel.

Ich arbeitete wieder als Dorfhelferin und hatte Glück, weil ich nicht wie die meisten ehrenamtlich beschäftigt war, sondern nach Stunden bezahlt wurde. In manchen Häusern versorgte ich den Haushalt, in anderen kümmerte ich mich um die Kinder, in wieder anderen ums Vieh. Mir machte jede Arbeit Freude, auch körperlich schwere Arbeit und ich lehnte keinen einzigen Auftrag ab. Die Leute mochten es, dass ich ernst war und nicht viel redete. Ich beobachtete mein Umfeld aufmerksam, weshalb ich den Charakter anderer Menschen schnell erfasste und immer wusste, wie ich mich zu verhalten hatte.

Peter nahm ich mit zu den Familien. Er störte nicht, saß die ganze Zeit über geduldig auf dem Fußboden und summte vor sich hin. Im Kindergarten wollten sie ihn nicht aufnehmen, weil er in seiner Entwicklung zurückgeblieben war. Er sprach nicht und kroch lieber über den Boden als zu laufen.

„Wer nicht klar spricht, denkt nicht klar und fühlt auch nicht klar", sagte die Erzieherin.

Das glaubte ich nicht, denn der kleine Bäda schien mir mehr Gefühl für Mensch und Tier zu haben als sein Bruder Ludwig, der sich schon klar ausdrücken konnte.

Wiggerl ging ebenfalls nicht in den Kindergarten, weil Georg ihn immer bei sich haben wollte und der Junge ohnehin nicht von seiner Seite wich.

„Aber die Vorschule sollte er später unbedingt besuchen", schlug ich vor.

Auch davon wollte Georg nichts wissen.

„Wiggerl geht mit sieben zur Schul, wenn Ferdl mit der Hauptschul fertig ist und auf'm Hof bleibt. De Buam wern Bauer", bestimmte er.

„Gut, aber vorher sollten die Jungs eine Landwirtschaftsschule besuchen", wandte ich ein.

„Halt die Goschen! Davon verstehst nix!"

*****

Die Zwillinge waren gerade drei Jahre alt. Ich kam mit Peter von der Arbeit zurück, konnte aber nicht auf den Hof fahren, weil auf ihm viele fremde Fahrzeuge standen: Krankenwagen, ein großes schwarzes Auto und Polizei. Die Nachbarn standen herum und traten zur Seite, als ich mit Peter auf dem Arm auf den Hof lief. Keiner sprach, alle schauten zu Boden.

Ist Vater gestorben? Er war inzwischen vierundsechzig Jahre alt, was kein Alter zum Sterben ist.

Detlef!, durchfuhr es mich. Detlef verbrachte den Tag bei den Kühen und lief mit einem Stock zwischen ihnen auf der Weide herum. Den Stock brauchte er, um sich den Stier vom Leib zu halten. Der Stier war jung und unerfahren, manchmal stürmte er los, als hätte ihn etwas gestochen. Hatte das Tier Detlef verletzt? Ich hörte schon von Fällen, wo ein wild gewordener Stier den Bauern einfach umriss.

Ich war froh, dass die drei Großen noch in der Schule waren. Doch wo war der kleine Ludwig?

In diesem Moment kamen zwei Polizisten aus dem Haus, in ihrer Mitte Georg.

„Wo gehst du hin?", rief ich, obwohl mir klar war, dass er nicht antwortet.

Es sah fast so aus, als führten sie Georg und nicht, dass er sie begleitet. Sie gingen in Richtung Polizeiwagen. Eilig lief ich näher.

„Georg! Was ist passiert?"

Georg sah mich nicht an. Sein Gesicht war verschmiert, schmutzig und gleichzeitig leichenblass. Er wirkte schlaff und direkt leblos, sein

Mund angstverzerrt.

„Was ist hier los?", wandte ich mich an die Polizisten.

Peter zappelte auf meinem Arm und ich setzte ihn auf den Boden.

„Gehen Sie zur Seite, Frau ..."

„Gruber. Ich bin seine Frau. Ich wohne hier."

Die Polizisten schoben Georg in den Wagen und schlossen von außen die Tür. Fassungslos stand ich davor und wusste nicht, was ich davon halten sollte. Ich winkte Georg zu, aber er sah nicht auf.

Ein Polizist stellte sich neben das Auto und verschränkte die Arme, der andere drehte sich zu mir um und sagte leise: „Kommen Sie! Ich begleite Sie zum Haus."

Auf dem Weg zum Haus sah ich Vater, der neben weiteren Polizisten stand und immerzu den Kopf schüttelte, während die fremden Männer mit einem Maßband hantierten und Notizen in ein Heft machten.

„Vater!", rief ich.

Doch er hörte mich nicht. Er hob beide Arme und schüttelte immer nur seinen Kopf.

Im Hausflur kamen mir zwei schwarz gekleidete Männer entgegen, die vorsichtig eine große dunkle Kiste trugen. Sie achteten darauf, nirgendwo anzustoßen und hoben nicht den Kopf, um mir oder sonst jemandem in die Augen zu sehen. Was trugen sie in ihrer Kiste? Dinge aus meinem Haus.

Plötzlich durchfuhr mich der völlig absurde Gedanke, dass diese Kiste keine gewöhnliche Kiste war, sondern ein Sarg, ein kleiner Sarg.

„Was ist da drin?", schrie ich außer mir und hielt die Kiste fest.

Detlef, der plötzlich neben mir stand, schrie ebenfalls und hämmerte mit seinen Fäusten auf mich ein.

„Bitte, kommen Sie in die Küche", hörte ich eine unbekannte Stimme.

Wie im Trance betrat ich die Küche. Detlef klammerte sich an meinen Arm, als ob er bei mir Schutz suchte.

„Können wir in Ruhe reden?", fragte einer der Polizisten.

Es war ein älterer Mann, der wohl mehr zu sagen hatte als der jüngere, der neben dem Fenster stehen blieb.

„Nein!", kreischte ich. „Ich will wissen, was hier los ist!"

Das, was ich ahnte, konnte gar nicht sein.

„Setzen Sie sich!"

Der Polizist zeigte auf einen Küchenstuhl.

„Ich will nicht sitzen, ich will stehen und endlich wissen, was hier los ist", brüllte ich ihn an.

Ich kannte mich selbst nicht mehr, weil ich nie laut wurde.

Der Mann zog einen Stuhl unter dem Tisch hervor und drückte mich auf die Sitzfläche. Zuerst wehrte ich mich, aber auf einmal war meine ganze Kraft verschwunden und ich sank matt auf den Stuhl. Detlef ließ meinen Arm nicht los. Er setzte sich auf den Boden und verbarg sein Gesicht in meinem Rock.

Der Mann schaute mich ernst an und sagte: „Ihr Sohn Ludwig ist tot."

Ludwig? Der kleine Wiggerl? Das kann nicht sein! War er wie damals Detlef vom Heustadl gesprungen und hatte sich verletzt? Detlef sah damals aus, als wäre er tot.

„Ist Ludwig verletzt?"

„Er ist tot", wiederholte der Mann.

„Tot?"

Ich wusste, dass der Mann lügt. Das, was er sagte, war völlig absurd. Alles würde sich aufklären. Ich musste etwas sagen. Doch was? Es gab nichts zu sagen. Stumm sah ich zum Fenster und nahm wie im Nebel Vater wahr, der draußen mit zwei Polizisten sprach. Auch hier in der Küche standen zwei Polizisten. Fremde Männer. Mein Mann war nicht dabei. Er saß noch im Polizeiwagen. Detlef in meinen Schoß schluchzte. Ich strich über seine Haare.

„Geh hinaus und spiele mit Bäda", bat ich leise.

Detlef erhob sich sofort und verließ die Küche, während sich der ältere Polizist mir gegenüber am Tisch niederließ. Ich suchte im Gesicht des Mannes nach einer Antwort, fand sie aber nicht. Schließlich nahm ich all meine Kraft zusammen und fragte leise: „Was ist passiert?"

Der Polizist räusperte sich, rückte sich auf dem Stuhl zurecht und sagte: „Ihr Mann ... Es war ein Unfall."

Georg hatte also einen Unfall. Georg, nicht Ludwig. Das beruhigte mich. Angestrengt dachte ich nach, doch irgendwie kam ich nicht dahinter, wovon der Polizist sprach und worauf er hinauswollte. Zwei Polizisten hatten Georg in ihr Auto gedrückt, er sah unverletzt aus. Aber warum in ein Polizeiwagen und nicht in einen Sanka nach seinem Unfall? Vermutlich, weil keiner auf dem Hof stand. Sie mussten also erst auf den Krankenwagen warten. Plötzlich fiel mir die Kiste ein, die wie ein Sarg aussah, ein kleiner Sarg für ein Kind. Ich verstand alles und gleichzeitig gar nichts. Ich wollte nicht verstehen und auch nichts mehr hören.

„Ihr Mann fuhr den Traktor ein kleines Stück zurück und übersah dabei den kleinen Ludwig, der am Hinterrad spielte."

Wenn ich die Worte richtig verstand, hatte Georg unseren Sohn überfahren. Überrollt. Wie ich die Worte auch drehte und wendete, es kam immer wieder das gleiche Ergebnis zustande: Ludwig war tot, Georg hatte ihn totgefahren. Ich hasste Georg aus tiefstem Herzen und gleichzeitig überkam mich eine große Welle Mitgefühl, weil Georg sein Wiggerl über alles liebte und an seiner Schuld zerbrechen wird.

Peter kam auf allen Vieren ins Haus gekrochen, klammerte sich an meinen Rock und gluckste vergnügt. Ich war wie versteinert, mein Kopf schien mir unendlich schwer und ich wusste nicht, was ich tun sollte.

„Es tut mir leid", sagte der Polizist leise. „Gleich kommt ein Arzt, der sich um Sie kümmert."

„Arzt?"

Was sollte ich mit einem Arzt? Der kann mir nicht helfen. Niemand kann mir helfen. Der Arzt sollte sich um Georg kümmern, der wohl immer noch in diesem Dienstwagen saß.

„Wo ist mein Mann?"

„Auf dem Polizeirevier. Es sind Fragen zu klären."

Warum auf dem Revier? Konnte man die Fragen nicht hier klären?

Der Arzt kam und gab mir ungefragt eine Spritze in den Arm. Ich schlief gleich auf dem Sofa ein. Doch auch im Schlaf verging der Schmerz nicht.

Als ich wach wurde, hörte ich Peter weinen und eine fremde Frauenstimme schimpfen. Hier auf dem Hof war noch niemals eine fremde Frau.

Wer war diese Frau? Ich wollte mich aufrichten, aber es gelang mir nicht. Meine Arme und Beine waren schwer wie Blei. Es kostete mich viel Zeit und vor allem Kraft, mich aufzurichten und in meine Pantoffel zu steigen. Ich taumelte gegen den Tisch und hoffte, dass Georg noch auf dem Feld war und nicht merkte, dass ich faul auf dem Sofa lag. Er hätte mich beschimpft und sicher auch geschlagen.

Ich versuchte, mich zu erinnern, was ich zu Mittag gekocht hatte, aber es wollte mir nicht einfallen. Mein Kopf dröhnte und die Bilder verschwammen vor meinen Augen. Deshalb erkannnte ich das Zifferblatt der Uhr nicht.

Mir fiel ein, dass ich am Vormittag arbeiten war. Also musste ich wohl das Abendessen richten. Es war noch hell, denn es war Sommer und Georg zum Glück auf dem Feld, zusammen mit Wiggerl, seinem kleinen Liebling.

Aus irgend einem Grund liefen mir die Tränen über die Wangen. Ich sank zurück aufs Sofa und spürte meinen Körper wie einen schweren Mehlsack und gleichzeitig gar nicht. Wie durch einen Nebel sah ich einen Mann, der sich über mich beugte. Aber es war nicht Georg. Was war nur los mit mir? Irgendwie hatte ich das Gefühl, es müsste mit Ludwig zu tun haben. Ludwig! Der kleine Wiggerl, die Polizei …

Die Stimmen aus der Küche drangen kaum bis

an meine Ohren und nicht bis in meinen Kopf. Sie hatten nichts mit mir zu tun, weshalb ich beruhigt in ein schwarzes Loch fiel.

*****

Später erfuhr ich, dass eine Dorfhelferin im Haus war und auf die Kinder aufpasste. Sie half genauso wie ich Familien, die in Not gerieten. Und jetzt war ich selbst in einer Notlage. Die drei Großen waren still vor Entsetzen, nur Peter quietschte vergnügt und bekam dafür Schläge von Ferdinand. Die Dorfhelferin versuchte, den Kleinen zu schützen, aber sie wurde mit Ferdl nicht fertig.

„Verschwinde! Du alte Hexe!", hatte er sie angebrüllt.

*****

Georg schickte die Helferin sofort weg, als er nach Hause kam und schrie mich an: „Runter vom Sofa, du faules Stück Mist!"

Bevor er zuschlagen konnte, sprang ich auf und war froh, dass meine Beine wieder funktionierten. Ich machte mich in der Küche zu schaffen.

„Ab heit spurst! Hoast mi?"

Ich nickte und dachte, dass ich meine Aufgaben kannte und Georg ohnehin nie widersprach. Widerworte ertrug er nicht, sogar Fragen machten ihn wütend. Er dachte nicht nach, er schlug zu. Ich war viel zu schwach, um mich zu schützen, körperlich und seelisch.

„Du bleede Kuh bist schuld! Rennst zu fremde Leit, statt daheim auf *meinen* Buam zu achten." Ludwig war nicht allein *sein* Sohn, er war auch meiner. Aber *ich* hätte aufpassen müssen, Georg nicht. Dabei hatte *er* unser Kind mit dem Traktor überfahren. Ich machte ihm keine Vorwürfe, aber ich verstand nicht, was er *mir* vorwarf.

„Hättst den Deppn vors Rad gesetzt!", schrie er. Er meinte Peter. Ich hatte mich nicht verhört und auch nichts missverstanden; ich hätte Peter vors Rad setzen sollen, damit er ihn totfährt.

„Aber Georg!", stammelte ich. „Du kannst doch nicht ..."

„I kann, was i wui! Und du halt dei Goschn!" Fassungslos starrte ich Georg an und hielt beide Händen gegen mein Herz. Ich spürte, wie die Kälte durch meinen ganzen Körper kroch. Auch in großer Verzweiflung und unendlichem Zorn hat kein normaler Mensch solch entsetzliche Gedanken wie Georg. Aber Georg war nicht normal. Er war grausam. Bösartig. Brutal. Aber er war auch mein Mann, der Vater unserer Kinder.

Ich vermisste Ludwig ebenso wie Georg.

„Ich … Ludwig …", stammelte ich.

„Wennst noch amoal wagst, den Ludwig in dei dreckerts Maul zu nehma, derschlog i di!"

Nicht nur Georg gab mir die Schuld an Ludwigs Tod. Vater und Ferdinand waren der gleichen Meinung. Sie behaupteten, ich hätte als Mutter versagt und wäre zu nichts zu gebrauchen.

„Der Ludwig is tot und der Bleede noch da!", schimpften sie und meinten Peter.

Was hatte Peter mit dem Unglück seines Bruders zu tun? Ich verstand das nicht. Ich verstand nur, dass ich meinen Kleinen beschützen musste. Schützen vor seinem eigenen Vater, seinem Opa und seinem Bruder. Aber es gelang mir nicht. Der Kleine hatte nur dann seine Ruhe vor Tritten und Kopfnüssen, wenn unser Hund in seiner Nähe war. Das Tier spürte instinktiv, dass Peter Schutz brauchte, den ich ihm nicht gab. In meiner Angst um den wehrlosen kleinen Peter konzentrierte ich all meine Gedanken auf den Jungen, was die Trauer um Ludwig überlagerte. Und das war gut so.

Obwohl ich wusste, dass Georg die Schuld an diesem schrecklichen Unfall trug, fühlte ich mich ebenfalls schuldig. Ich war nicht da, wo ich hätte sein sollen. Die Arbeit in einem fremden Haushalt bei fremden Kindern war mir an diesem Tag wichtiger als meine eigenen Kinder. Das Unglück passierte auf unserem Hof. Wäre ich daheim gewesen, hätte ich es verhindern können. Ich hätte wie immer aus dem Fenster zugeschaut, wie Georg Wiggerl auf den Traktor setzt und mit ihm davonfährt. Dabei wäre mir aufgefallen, dass Wiggerl am Rad des Traktors spielte. Ich hätte das Unglück verhindern können.

Aber ich war nicht da, was mich heute noch quält. Schuldgefühle gehören zum Leben dazu. Man muss damit leben, so gut man eben kann.

Hätte Georg seine Schuld am Unfall gesehen, wäre er daran zerbrochen. Deshalb erinnerte er sich an gar nichts. Für ihn war ich die Schuldige. Sobald er mich sah, verzerrte sich sein Mund und die Augen wurden zu schmalen Schlitzen, aus denen es böse funkelte. Ich sah Hass und Vorwürfe, aber ich sah keine Trauer. Wut schien das einzige Gefühl zu sein, das Georg kannte. Und diese Wut ließ er an mir aus. Nur so konnte er mit dem großen Verlust unseres Kindes umgehen. Georg tat mir absichtlich weh und ließ uns keine Zeit, gemeinsam zu trauern.

Ludwig war auch mein Sohn und gerade mal drei Jahre alt.

*****

Trotzdem sagte ich bei der Polizei nicht aus, dass Georg mich und die Kinder schlug. Das hätte sein Strafmaß vermutlich erhöht, obwohl Gewalt in der Familie nicht mit dem Unfall im Zusammenhang stand. Ich gab bei der Anhörung an, dass Georg Ludwig ganz besonders liebte und stets sorgsam auf ihn achtete. Doch auf die Frage der Polizisten, warum er an diesem Tag beim Rückwärtsfahren nicht achtsam war, hatte ich keine Antwort. Ich verstand es nicht. Aber es brachte nichts. Es brachte auch nichts, Georg Vorwürfe zu machen, davon wurde Ludwig nicht wieder lebendig. Ich wollte nicht, dass man Georg ins Gefängnis sperrte. Was wäre dann aus dem Hof geworden?

Georg kam nicht ins Gefängnis. Er erhielt zwei Jahre auf Bewährung, was ihn nicht störte. Er lebte weiter wie bisher, betrank sich jeden Tag und geriet schnell in Wut. Schneller und heftiger als je zuvor. Seit Ludwigs Tod trank er nicht nur Bier, sondern auch Schnaps. Meist den Selbstgebrannten von den Nachbarn. Manchmal schwieg Georg tagelang, um plötzlich und ohne Grund den Ochsenziemer zu greifen und auf mich einzuprügeln. Mir war klar, dass er Ludwig vermisste, dass seine Brutalität seine Art zu trauern war.
Die Kinder gingen ihm aus dem Weg, doch das

taten sie schon immer. Neu war, dass nun auch Ferdinand unter den üblen Launen seines Vaters leiden musste. Obwohl er nun spürte, wie weh Bosheit und Grausamkeit tun, ahmte er Georg nach, ärgerte Detlef und Max, schlug Sofie und den kleinen Peter und trat mit seinen Füßen nach mir. Ich konnte es nicht verhindern. Georg merkte es nicht oder fand es in Ordnung.

Und doch stützte sich Georg voll und ganz auf Ferdinand, dem er fast die gesamte Feldarbeit überließ. Er selbst hatte die Lust an der Arbeit verloren. Am liebsten hätte Georg den Jungen von der Schule genommen, doch das war nur während der Erntezeit erlaubt. Ferdinand besuchte erst die fünfte Klasse der Hauptschule und hatte noch weitere fünf Schul- und Lehrjahre vor sich.

„Schmarrn! Der Ferdl kimmt auf'n Hof. Des verbiet mir koana."

Das bayerische Schulgesetz verbietet es, doch das wollte Georgs nicht einsehen.

„Du gehst etzerte und regelst des!", befahl er mir.

Natürlich gehorchte ich und sprach beim Schulamt, beim Bauernverband und beim Landrat vor, doch es half nichts; Gesetz ist Gesetz. Aus Wut über mein Unvermögen verprügelte mich Georg so heftig, dass ich an den Armen und am

Rücken schmerzende Blutergüsse erlitt, die ich zum Glück gut unter der Kleidung verstecken konnte. Blaue Flecken im Gesicht waren mir immer sehr peinlich, weil mich die Leute abschätzig musterten und ich gezwungen war zu lügen. Meist gab ich an, mich gestoßen zu haben und hoffte, dass man mir glaubte. Jedenfalls ließ ich mir nichts anmerken und tat meine Arbeit als Dorfhelferin, versorgte Haus und Garten, die Kinder, meinen Bruder und unseren Vater, die Hühner und den Hund. Ich musste alles geschickt koordinieren und obendrein auf der Hut vor Georg und seinen Launen sein.

Leider wurde auch der Alltag mit Vater und Ferdinand zunehmend komplizierter. Nichts konnte ich ihnen recht machen, immer gab es einen Grund, mich und die Kinder zu schlagen. Deshalb schlichen wir lautlos und geduckt durchs Haus. Stets war ich angespannt und unsicher und horchte auf jedes noch so kleine Geräusch, von dem Gefahr ausgehen konnte. Oft war ich von der ganzen Anspannung derart erschöpft, dass mich nicht einmal der kleiner Peter aufmuntern konnte.

Sofie wollte so schnell wie möglich weg vom Hof, Max ebenso. Ich verstand das vom Kopf her, ertrug es aber vom Herzen her nicht und fürchtete den Tag, an dem meine beiden Großen irgendwo in der Fremde ihr Glück suchten. Gleichzeitig wünschte ich diesen Tag herbei, weil ich wusste, dass Sofie und Max überall auf der Welt glücklicher wären als daheim in ihrer Familie. Aber mir würden sie sehr fehlen.

Sofie

Nach dem Abitur wollte Sofie Sozialpädagogik studieren, um behinderten Menschen zu helfen. Sie sagte, behinderte Menschen werden immer und überall benachteiligt. Das stimmte, denn ich brauchte nur an Detlef und Peter zu denken. Da ahnte ich noch nicht, dass Sofie selbst unter einer schweren Behinderung litt. Sie hatte geschickt vor mir verborgen, dass sie kaum noch etwas sehen konnte, fast blind war. Das linke Auge hatte nur noch sechs Prozent Sehkraft, das rechte acht. Ich verstehe bis heute nicht, weshalb ich das nicht merkte.

„Ich wollte nicht bedauert werden. Außerdem wird jeder, der nicht richtig funktioniert, ausgegrenzt und abgelehnt."

„Aber Sofie! Niemals hätte ich dich abgelehnt", rief ich aus.

Sie lächelte spöttisch.

„Geholfen hast du mir jedenfalls nie."

Leider durfte sie ihr geplantes Sozialstudium

nicht aufnehmen. Sie abgelehnt, weil sie blind und deshalb für diesen Beruf nicht geeignet ist.

„Siehst du, Mama, so ergeht es jedem, der nicht zu hundert Prozent funktioniert."

Schließlich entschied sie sich, Rechtswissenschaften zu studieren, weil sie diesen Beruf mit Sehhilfen am Computer ausüben konnte.

„Ich werde Anwalt aller benachteiligten und gequälten Menschen."

Das waren sehr hochgesteckte Ziele, an die ich nicht glaubte. Wie will ein Anwalt, der selbst behindert ist, anderen Behinderten helfen? Aber ich sagte nichts.

„Nicht einmal du glaubst an mich!", warf sie mir vor.

Beschämt gab ich ihr Recht. Aber man musste realistisch bleiben, was offenbar jungen unerfahrenen Leuten nicht gelingt.

„Ich will in die Stadt, in eine möglichst große."

„Dort wirst du fremd sein", befürchtete ich.

„Das ist gut so. Dort kann ich so leben wie ich will und keinen stört´s."

„Du bist allein in der Fremde, wirst dich einsam fühlen."

„Unter so vielen Menschen ist man nur dann allein, wenn man es möchte … und einsam schon gar nicht."

„Aber der Lärm, der Schmutz!"

„Ach!", schnaufte sie. „Ist es hier etwa sauber?

Auf den Straßen liegt der Dreck der Felder und überall stinkt es nach Mist."

Angeekelt schüttelte sie sich, was ich nicht verstand, denn den Geruch auf unserem Hof und im Dorf war sie von klein auf gewöhnt. Es sind natürliche Gerüche im Gegensatz zu den Autoabgasen in der Stadt. Ich dachte an den Tag in München, als ich vor sechs Jahren Georg im Krankenhaus besuchte. Der furchtbare Lärm und die Hektik um mich herum verursachten mir rasende Kopfschmerzen. Ich konnte nicht einmal normal atmen. Die vielen Leute und Fahrzeuge machten mir Angst, ich musste ständig auf der Hut sein, um nicht gegen Passanten zu stoßen oder vor ein Auto zu laufen. Das wird schwer für Sofie, weil sie die Gefahr nicht kennt und nicht einmal sehen kann.

„Ich mag die Felder nicht und schon gar nicht den scheußlich schmutzigen Stall."

„Aber du magst unsere Tiere."

„Wie kommst du darauf?"

„Als du klein warst, hast du dich zwischen die Kälber gelegt. Weißt du das nicht mehr?"

Sofie schniefte.

„Als ich klein war ..." Sie schluckte. Vermutlich erinnerte sie sich jetzt daran. Aber sie wirkte traurig und winkte mit der Hand ab. „Das war etwas anderes. Ach, vergiss es!" Dann straffte sie sich und sah mich herausfordernd an. „Ich mochte nur unsere Hunde und Katzen. Rinder und Hühner sind nur Nutzvieh, das nicht leben darf, wie es leben sollte. Es sind keine Tiere, die man gern hat, sondern nur Sachen, die Eier und Fleisch liefern. Widerlich!"

Sofie verzog den Mund und machte eine wegwerfende Bewegung mit der Hand. Ich hatte keine Ahnung, dass sie unsere Tiere nicht mochte, obwohl sie auf einem Hof lebte.

„Aber Sofie! Wir züchten Rinder ..."

„Ihr züchtet keine Rinder, ihr züchtet Fleisch!", fiel sie mir ins Wort. „Und ihr züchtet Buben. Vater wollte mich nicht, weil ich ein Mädchen bin. Er wollte Jungs, nützliche Arbeitskräfte für Feld und Stall. Jetzt seid ihr mich los!"

„Was redest du da?"

„Ich will gar nicht mehr reden. Ich will einfach nur weg hier und den Menschen helfen, sich vor Männern wie Vater und Opa zu schützen."

„Was redest du da?", wiederholte ich.

„Ich hasse Männer! Sie tun den Mädchen und Frauen und Tieren weh."

„Sofie!", rief ich fassungslos aus.

Was war nur plötzlich in sie gefahren?

„Und ich hasse Frauen wie dich, die sich das gefallen lassen und nicht einmal merken, was in ihren Familien los ist", schrie sie mich an.

Erschrocken wich ich zurück. Sie hasste mich, weil ich nichts merkte. Was sollte ich merken?

„Was genau meinst du?"

„Findest du Vater und Opa normal?"

Was sollte ich darauf antworten? Beide Männer schlugen schnell und kräftig zu, auch Ferdinand entwickelte sich in diese Richtung. Es gefiel mir nicht, aber es war nicht zu ändern.

„Männer sind nun mal so."

„Max nicht", entgegnete sie trotzig.

Nein, Max war anders und wurde deshalb stets verhöhnt und oft sogar geschlagen.

„Ich weiß, dass in den meisten Familien geprügelt wird, aber ich werde dafür sorgen, dass solche Bestien eingesperrt werden."

„Aber Sofie!"

Ihr Hass erschreckte mich. Ich erkannte in dem vor Zorn verzerrtem Gesicht mein kleines sanftes Mädchen nicht wieder. Ihre Augen verdunkelten sich und sie wischte sich übers Gesicht.

Leise sagte sie: „Ich ertrage das nicht mehr. Ich will leben und nicht auf diesem Hof begraben sein."

Und ich ertrug nicht, dass sich mein Kind hier lebendig begraben fühlt. Aber ich glaubte, sie übertreibt und war nur verärgert, weil sie nicht wie geplant Sozialpädagogik studieren durfte.

„Aber Sofie! Gerade hier auf dem Dorf ist das Leben, die Natur, die Jahreszeiten."

Sie verdrehte die Augen und schniefte verächtlich.

„Leben nennst du das? Du lebst nicht, du existierst nur. Merkst du das nicht? Schon *vor* neun Uhr abends verschwindest du im Bett."

„Weil ich müde bin."

„Eben! Müde und ausgelaugt. Du gehst nicht aus. Dazu hättest du gar keine Kraft."

„Dazu hätte ich gar keine Lust", entgegnete ich.

„Keine Lust? Jeder normale Mensch hat Lust, sich zu vergnügen."

In Sofies Augen bin ich also nicht normal.

„Mein Vergnügen ist meine Arbeit."

Wieder schniefte sie verächtlich.

„Du kennst nur unseren Hof und die Höfe von Leuten, denen du hilfst. Es ist immer und überall das Gleiche."

„Du irrst dich. Jeder Hof ist anders. Jede Familie ist anders. Jeder Tag ist also anders."

„Du begreifst gar nichts!" Sofie klopfte empört gegen ihre Stirn. „Du siehst überhaupt nichts von der Welt."

„Glaubst du, anderswo leben die Leute so anders als wir? Sie müssen genau wie wir arbeiten, essen und schlafen."

„Das meine ich nicht."

„Was meinst du dann?"

„Mama, es hat keinen Zweck, mit dir zu reden. Ich bin jetzt achtzehn und du kannst mich nicht halten."

Mit diesen Worten ließ mich Sofie stehen. Sie

verstand mich nicht und ich verstand sie nicht. Das stimmte mich sehr traurig, aber ich konnte es nicht ändern.

Sofie studierte nicht im nahen München, sondern im fernen Stuttgart und kam nicht mehr nach Hause, nicht einmal in den Semesterferien.

Max

Max war inzwischen sechzehn Jahre alt und für mich und den Hof eine große Hilfe. Er und Detlef fütterten die Tiere, misteten den Stall aus, gruben die Erde im Garten um und trugen Kartoffeln und Holz ins Haus. Ferdl dagegen ahmte in allem seinen Vater nach und betrat die Küche nur zu den Mahlzeiten. Dabei fläzte er sich ebenso wie Georg und mein Vater mit aufgestützten Ellenbogen an den Tisch, pikste mit dem Messer Wurst und Fleisch an und schob es in den Mund und nahm ansonsten die Hand statt das Besteck. Mir gefiel das nicht. Aber ich sagte nichts dazu.

„Ein Mann isst so wie wir und nicht so wie der Muttiküsser."

Ferdinand wies verächtlich auf Max und lachte höhnisch. Doch Max blieb ruhig, wie immer. Er war Spott gewöhnt und ließ sich nicht so leicht provozieren. So vermied er, dass es zum Streit kam und dieser mit bösen Schlägen endet. Nur Detlefs Hand zuckte, er war bereit, sich für Max zu prügeln. Ich sah, wie seine Muskeln an Arm und Hals spannten und legte meine Hand beruhigend auf seine, was Ferdinand noch mehr reizte.

„A Hanswurst und zwoa Deppn aufm Hof", feixte er gehässig. „A weng z´vui, ha?"

Detlefs Hand zuckte wieder. Ich packte sie fester.

„Wenn du erwachsen bist, wirst du begreifen, dass man nicht über andere lästert", wies ich Ferdinand zurecht.

„Wanns i erwachsn bin, werds Vieh gschlacht und i kauf nen Mähdrescher."

Ferdl liebte Mähdrescher mehr als jede andere landwirtschaftliche Technik.

„Des Ding koa oalls!", rief er aus und erklärte begeistert, dass die Getreidekörner gleichzeitig gemäht, gedroschen und ausgesiebt werden.

Die vorn angebrachten scharfen Messer bewegen sich und säbeln die Halme ab. Das faszinierte ihn über alle Maßen.

Georg klopfte Ferdl anerkennend auf die Schulter und mein Vater stimmte kopfnickend zu.

„Wenn du erwachsen bist …", Max richtete sich auf, „… bin ich immer noch zwei Jahre älter als du und weiß mit Tieren umzugehen. Du darfst weiter die Felder bestellen und mir das Viehfutter bringen."

Es war das erste Mal, dass Maximilian so direkt widersprach. Das gefiel mir, denn er war der Ältere und somit der Erbhofbauer.

„Halt´s Maul!", zischte Georg. „Des geht di nix oa, des is alloa mei Sach." Er klopfte wieder auf Ferdls Schulter. „Und seine."

Damit machte Georg deutlich, dass er den Hof Ferdinand übergeben will. Das war sein gutes Recht, denn der Hofeigentümer kann jederzeit seinen Hoferben bestimmen. Vater hatte Georg bestimmt und der wird alles Ferdinand übergeben. Dagegen kann Max nichts machen und ich schon gar nicht.

Trotzdem erwiderte Max: „Die Felder sind deine Sache, das Vieh meine", obwohl er wusste, dass es laut Höfeordnung nur *einen* Hofnachfolger gibt und keine Erbengemeinschaft.

Natürlich durfte man Bereiche wie Feld und Vieh trennen, doch zwischen Ferdl und Max wäre keine Zusammenarbeit denkbar.

„Mutschis für Max und Gackerle für Bäda!", krächzte der Kleine.

Peter verstand den Streit der großen Brüder nicht. Er verstand nur, dass Max vom Vieh sprach. Peterle liebte alle Tiere, seinen Hund, Rinder, Katzen und vor allem Hühner. Ihnen schaute er gern zu, wie sie im Boden scharrten und unruhig mit ihren starren Augen umherblickten. Eines der Hühner mochte er besonders gern. Es war kakaobraun und hatte am Hals sonnengelbe Federn, am Bauch glänzte es weiß. Sein kurzer roter Kamm fiel an den Spitzen ab, als wären sie ihm zu schwer. Peter nahm es gern auf den Arm und trug es wie eine Puppe umher, musste aber aufpassen, dass der Hahn den Raub nicht bemerkte. Denn dann kam er laut krähend mit schlagenden Flügeln angeflattert und versuchte, Peter in die Beine zu picken. Dann ließ der Junge das Huhn fallen und lief eilig davon.

„Mutschis und Gackerle", höhnte Ferdinand mit quäkender Stimme und boxte seinen kleinen Bruder derb gegen die Schulter.

Peter fiel von dem heftigen Stoß vom Stuhl, quietsche aber vor Vergnügen. Offenbar spürte er keinen Schmerz, obwohl er wegen seines Ungeschicks oft stürzte oder gegen ein Hindernis stieß. Er merkte nicht einmal, wenn er Beulen und Schürfwunden davontrug.

„Der is so bleed!", stellte Ferdinand fest und zog den Stuhl zur Seite, so dass Peter noch einmal stürzte.

„Jetzt reicht´s!", befahl ich streng, doch Ferdinand schlug mit seinen Händen vergnügt auf die Tischplatte.

„Halt de Goschn! Hast hier nix zum sogn!", wies mich Georg zurecht.

„Zwoa Bleede und der Daml", Ferdinand wies mit der Hand auf Max und lachte höhnisch. „Auf meim Hof duld ich koane Bekloppte."

Max schaute auf seinen Teller und rührte darauf herum. Ich sah, wie schwer er mit sich kämpfte und nicht wusste, ob er die Worte ignorieren, widersprechen oder einfach hinausgehen sollte.

„Du bist mehrer a Fozzn als wie a gstandner Mo", feixte Georg.

Ich sah, dass Max mit den Tränen kämpfte.

Ferdinand sah es auch und grölte: „A Schisser bist!"

„Wer keine Angst kennt wie du, ist einfach nur dumm", gab Max zurück und fing sofort eine derbe Ohrfeige von Georg, was Ferdinand sichtlich amüsierte.

„Ihr müsst mich nicht mehr lange ertragen", gab Max leise zurück, nahm seinen Teller, stellte ihn in die Spüle und ging hinaus.

*****

Max hatte die Zusage für eine Ausbildung zum Holzbauer erhalten und wollte im September in ein Wohnheim ziehen. Ich freute mich für ihn, denn hier auf dem Hof war er nicht glücklich. Vermutlich wirkte er deshalb stets etwas missmutig.

Ferdl dagegen lachte bei allem, was er sagte, besonders, wenn er über ein Unglück sprach und vor allem über seine derben Späße, die ich überhaupt nicht lustig fand. Er freute sich, wenn er Max mit seinen Worten kränkte und ärgerte ihn bei jeder Gelegenheit.

Doch Max steckte all die kleinen Gemeinheiten kommentarlos weg, er war daran gewöhnt. Das beruhigte mich, obwohl ich nicht wusste, wie es in seinem Inneren aussah, ob er vielleicht mehr litt als er sich anmerken ließ. Er sprach nicht viel und wenn, drückte er sich vorsichtig aus, meist in der Möglichkeitsform, als traue er der Wirklichkeit nicht.

Er sagte: „Ich würde sagen, dass ich vielleicht langsam anfangen sollte, die Kühe reinzutreiben", statt: „Ich treibe jetzt die Kühe rein."

Oder: „Es scheint zu regnen", statt: „Es regnet."

In der Scheune brüteten Schwalben. Max liebte es, ihnen zuzuschauen, wie sie durch den Spalt unter dem Dach hinaus und hinein flogen und ihre Jungen mit Würmern und Käfern fütterten.

„Du bist schuld, dass der Bub nichts taugt und nur träumt!", warf mir Georg vor.

Vermutlich hatte er Recht. Ich erzog die Kinder nicht, ich ließ sie so leben, wie sie leben wollten. Ich kümmerte mich um sie und versorgte sie mit Essen und frischer Wäsche. Das war meine Art, ihnen meine Liebe zu zeigen. Ich verlangte nicht, dass sie dies und jenes tun, Bauer werden oder mich lieben.

Georg kümmerte sich nicht. Er sah, dass Ferdinand den Hof will und das gefiel ihm. Aber ihm gefiel nicht, dass Max den Schwalben zusah und träumte.

*****

Nachdem ich Peter ins Bett gebracht und ihm ein Schlaflied vorgesungen hatte, klopfte ich an Maximilians Tür, erhielt aber keine Antwort. Die Tür einfach zu öffnen, wagte ich nicht. Ich respektierte, wenn er seine Ruhe wollte und fühlte eine tiefe Liebe zu diesem stillen Buben.

Ich ging hinaus auf den Hof und genoss die kühle Abendluft. Für mich war der Sommer die längste Jahreszeit, die einfach nicht vergehen wollte. Meine Arbeit ging mir bei übermäßiger Hitze nur schwer von der Hand, jede Bewegung wurde zur Qual, wenn die Sonne heiß vom Himmel brannte. Trotzdem musste ich Garten, Haus und Hof versorgen, ob es nun heiß war oder nicht.

Ich schaute nach oben. Der Mond beleuchtete den nahen Hügel, die Bäume und den Hof. Ich konnte jeden Stein erkennen, den Hackklotz neben der Scheune und das noch offene Tor. Normalerweise verschloss Max das Tor jeden Abend, bevor er sich schlafen legte. Vermutlich hatte er es vergessen und war noch traurig wegen des Streits bei Tisch. Er tat mir leid, doch wenn ich mich einmischte, eskalierte der Streit meist noch viel heftiger und endete damit, dass Georg den Jungen schlug. Ich nahm mir vor, noch einmal an seine Tür zu klopfen und ihn zu trösten. Doch zuvor musste ich das Tor schließen.

Plötzlich überfiel mich ein seltsames, direkt ungutes Gefühl und ich lief hinüber zu Scheune.

*****

Unser Heustadl war nicht groß, es hatte jeweils vorn und hinten ein großes Tor. Georg nutzte meist das hintere Tor, damit er mit dem Traktor nicht erst über den Hof fahren musste. Links und rechts auf dem festgestampften Lehmboden befanden sich Gerätschaften, die für die Feldarbeit gebraucht wurden. Eine Leiter führte hinauf auf den Zwischenboden, wo das Futterheu lagerte.

Ich umfasste den Riegel und schob das Tor zu. In diesem Moment hörte ich deutlich ein Winseln und ging noch einmal hinein. Mitten im Gang stand unser Hund, schaute mich an und fiepte leise.

„Benni, was machst du hier?"

Normalerweise schlief er im Haus, meist neben dem Bett von Max. Max konnte ihn nicht versehentlich hier eingesperrt haben, denn das Tor stand offen.

Ich tastete Bennis Pfoten ab und prüfte, ob er sich einen Schiefer eingezogen hatte, aber ich fand nichts.

„Komm!", rief ich und ging aus der Scheune.

Doch Benni folgte mir nicht. Er legte sich flach auf den Boden und winselte. Was hatte er nur?

„Wird's noch!", befahl ich streng und klopfte fordernd mit der Hand auf meinen Schenkel.

Der Hund jaulte auf, was mir durch Mark und Bein lief. Dann sprang er hin und her und bellte. Ich hatte keine Ahnung, was mit dem Hund los war.

„Dann bleibst du eben hier!", beschloss ich und wollte endlich das Tor schließen.

Benni knurrte, sauste nach hinten ins Dunkel, kam wieder zurück, knurrte noch einmal und lief wieder weg. Was war dort? Hatte die Katze ihre Jungen dort abgelegt? Oder sich ein Rehkitz in die Scheune verirrt? Ich beschloss, das morgen bei Tageslicht zu überprüfen.

Aber Benni gab keine Ruhe. Also befahl ich ihm zu bleiben und ging zurück ins Haus, um eine Lampe zu holen, denn im Stadl gab es kein

Licht.

Was ich in der dunklen Ecke zu sehen bekam, kann ich nicht beschreiben. Es war das Grauen selbst. Unfassbar. Unbegreifbar. Unerträglich.

Am hinteren Querbalken hing Max. Er hatte sich erhängt.

*****

„Warum haben Sie ihn abgeschnitten?", fragte der Polizist. „Das durften Sie nicht."

Er sagte abgeschnitten. Abgeschnitten wie Kräuter im Garten. Ich wusste nicht, wohin mit meinen Händen und schaute hilfesuchend zu Georg. Aber der sah aus dem Fenster, als ginge ihn das alles nichts an.

„Aber wir konnten ihn doch nicht..." Ich schluckte schwer an einem Kloß im Hals. „Aber wir konnten ihn doch unmöglich so hängen lassen."

Ich wusste nicht, was in solch einem Fall erlaubt war und was nicht.

„Es ist nicht mehr zu ändern", griff der Bestatter ein. „Ich nehme ihn mit und morgen reden wir. 13 Uhr in meinem Büro?"

Dankbar nickte ich und setzte mich wieder an den Küchentisch. Ich verstand das alles nicht. Max war ein stilles Kind, hat sich nie beklagt, ich wusste nichts von seinem Leid. An die Sticheleien seines Vaters war er sein Leben lang

133

gewöhnt. Der Streit am Esstisch war nichts Besonderes. Oder war er der berühmte Tropfen, der das Fass zum Überlaufen brachte?

„So läuft das nicht!", griff der Polizist ein. „Die Leiche ist beschlagnahmt, weil der Junge obduziert werden muss, so will es das Gesetz."

Der Bestatter legt dem Polizisten die Hand auf die Schulter und sagte: „Ja ja, das wissen wir."

„Wozu?" brauste ich auf. „Der Max ist tot! Warum wollt ihr ihn aufschneiden? Ich will das nicht."

„So ist das Gesetz. Ich bin verpflichtet, mich daran zu halten", erklärte der Polizist wichtig. „Außerdem muss ich Sie befragen."

Wozu das alles? Es ist doch für jeden deutlich zu sehen, was Max getan hat. Warum Leber und Herz herausschneiden? Das änderte und erklärte nichts. Und wozu befragen? Glaubte er, wir wissen, warum Max sein Leben auf diese Weise beendete? Und selbst, wenn wir es wüssten, es änderte nichts.

„Spiel dich hier nicht so auf!", blaffte Georg den Polizisten an, den er offenbar aus dem Gasthof kannte. „Dein blödes Geratsche über Gesetz und Pflicht geht mir auf die Eier." Georg stand auf und stützte sich auf den Tisch. „Der Bub war ein Spinner, einer, auf den man sich nicht verlassen konnte. Mehr sog i ned. Und jetzt schleich di!"

Der Polizist verabschiedete sich, drehte sich an der Tür noch einmal um und sagte: „Ich komme morgen wieder und ihr schaut, ob ihr einen Abschiedsbrief oder ein Tagebuch findet!"

Ich nickte, obwohl ich nicht glaubte, dass Max einen Brief hinterließ. Erst recht kein Tagebuch. Niemand schreibt auf, was er tagsüber getan hat, nicht einmal Sofie.

Georg fluchte laut über den *bleedn Buam.* Er konnte seine Trauer in Wut umwandeln, das schaffte ich nicht. Aber ich konnte endlich weinen. Da spürte ich eine warme Hand auf meiner Schulter.

„Mein Name ist Gerd Schmidt, ich bin der Arzt."

Ich hörte, wie er sagte, dass er den Staatsanwalt kennt und sicher die Obduktion verhindern kann. Trotzdem würde es zwei oder drei Tage bis zur Freigabe der Leiche dauern.

Leiche. Das klang derart grauenhaft, dass ich heftiger weinte.

„Ich werde Ihnen jetzt eine Spritze zur Beruhigung geben."

Energisch schüttelte ich den Kopf und sagte, dass ich bei klarem Verstand bleiben will.

„Gut." Wieder spürte ich die warme Hand des Arztes, dieses Mal auf meinem Arm. „Ich lasse Ihnen Tabletten da, damit Sie etwas Ruhe finden."

„Vielen Dank, Herr Doktor. Ich werde mich jetzt

hinlegen. Morgen …"

Weiter kam ich nicht, denn an morgen mochte ich nicht denken. Es würde nie wieder einen normalen Morgen geben, wo man aufsteht und wie immer die Kinder und Tiere versorgt.

Nachdem auch der Arzt das Haus verlassen hatte, wollte ich hinauf in die Schlafkammer gehen, aber meine Beine waren schwer wie Blei und gehorchten mir nicht.

„Wegen nem Rockzipfel uns diese Last aufzuladen", schimpfte Georg. „Bleeder Hamml!"

„Du glaubst? Ein Mädchen?", fragte ich hilflos. Weil ihn ein Mädchen nicht wollte, sollte er sein Leben beendet haben, das noch gar nicht richtig begonnen hatte?

„I glaub nix. Dem Burschen ging´s zu wohl. Des ist´s!"

Ich dachte kurz daran, Sofie anzurufen, aber ich ließ es bleiben, weil ich nicht wusste, wie ich die Ungeheuerlichkeit aussprechen sollte, dass sich Max das Leben genommen hatte, dass er für immer tot war und niemals wiederkehren würde.

Warum hatte sich Max getötet? Er sprach nicht viel, schon gar nicht über Probleme und wenn, dann wohl nur mit Sofie. Er hatte gesagt, dass er ab Herbst im Wohnheim leben und Holzverarbeitung lernen wird. Holz passte zu ihm. Aber der Freitod passte nicht zu ihm. Max wollte weg vom Hof, weg von seinem Vater, weg von Ferdinand. Bis zum Herbst waren es nur wenige Monate, er hätte sich nicht töten müssen. Aber vielleicht wollte er den Hof nicht nur für seine Ausbildung verlassen, sondern ganz und gar verschwinden? Gründlicher als Sofie. Endgültig. Oder fasste er den Entschluss aus einer dummen Laune heraus? Ich dachte die ganze Nacht darüber nach, obwohl es nichts an der Tatsache änderte, dass Max nicht mehr lebte. Er war tot.

*****

Als ich am nächsten Morgen in die Küche kam, machten sich vier Frauen aus dem Dorf darin zu schaffen. Ich kannte nur eine von ihnen, weil ich vor kurzem in ihrem Haus geholfen hatte. Sie hatte ihr drittes Kind bekommen, kurz nachdem ihr Mann tödlich verunglückte. Die Frauen machten Brote zurecht und schichteten sie auf Teller. Ich musste etwas tun, um nicht verrückt zu werden, aber ich merkte, dass ich nur im Weg stand und alles, was ich anfasste, fallen ließ. Mir fiel ein, dass ich hätte einen Kuchen backen müssen. Doch dazu war es jetzt zu spät. Erleichtert stellte ich fest, dass eine Nachbarin daran gedacht hatte. Es war ein Apfeldatschi mit Streuseln. Ich ließ mich auf einen Stuhl sinken, saß nur da und lauschte auf das Gemurmel der Frauen und das gleichförmige Ticken der Uhr. Es überraschte mich, dass ich ganz normal weiteratmete, als wäre das furchtbare Unglück nicht geschehen.

Ein Nachbar hatte das Vieh gefüttert, denn an diesem Tag sollte die Arbeit im Haus der Trauer ruhen.

Am Küchentisch saß der Pastor. Ich mochte ihn nicht, doch Georg hatte ihm bereits einen Obstbrand eingeschenkt und die Flasche in Reichweite stehen lassen.

„Soll euer Sohn Maximilian ins Familiengrab neben den kleinen Ludwig beigesetzt werden?", erkundigte sich der Priester.

Beim Wort Ludwig zuckte Georg zusammen und spuckte neben dem Tisch auf den Boden.

„Der Selbstmörder kimmt nit zu meim Buam."

„Natürlich nicht", lenkte der Geistliche ein und wandte sich an mich. „Er könnte neben deiner Mutter liegen."

Angestrengt versuchte ich, mich an die Stelle zu erinnern, wo das Grab meiner Mutter lag. Es gelang mir nicht.

Georg brummte zustimmend.

„Ich möchte, dass Maximilian verbrannt wird", bat ich leise.

„Des bestimm immer no i", fährt mir Georg über den Mund.

„Max mochte das Dunkel nicht und soll nicht in einer finsteren Kiste unter der Erde vergraben werden", flüsterte ich.

„Halt´s Maul! Sei froh, dass der Sünder auf den Gottesacker darf."

Georg hielt Max für einen Sünder, der bestraft werden musste. Max hatte keine Strafe verdient. Er war tot und spürte nichts mehr. Doch ich spürte Strafe, weil ich meinen Sohn nicht vor der Gewalt seines Vaters bewahrte.

Der Pfarrer nickte beifällig.

„Noch im letzten Jahr haben wir Eisenstäbe bei Selbstmördern ins Grab getrieben – zur Sicherheit."

Selbstmörder. Max war kein Mörder. Er war ein lieber Junge, der niemandem etwas zuleide tat.

Georg goss noch einen Obstler in die Schnapsgläser.

„Henriette hat Recht", pflichtete mir der Pfarrer bei. „Wenn der Max eingeäschert wird, kann er kein Unheil mehr anrichten."

Ich ertrug das Gespräch nicht mehr, bei dem es um Sünde und Strafe statt um Barmherzigkeit ging. Aber ich fand es gut, dass die Asche von Maximilian zur Grabstätte meiner Mutter beigesetzt wird.

139

*****

Am nächsten Tag regnete es und ich dachte daran, dass Max den Regen so gern mochte. Mich deprimierte Regen, also passte er zu meiner Stimmung.

Wir saßen beim Bestatter im Büro. Ich übergab ihm das Familienstammbuch und die Kleidung, die Max auf seinem letzten Weg tragen sollte.

„Ich erledige für Sie sämtliche Formalitäten und bespreche die Termine mit der Kirche und der Friedhofsverwaltung. Ihre Anzeige könnte am Mittwoch in der Zeitung stehen."

„Ich möchte ein Gedicht in der Anzeige, einen Spruch", sagte ich.

„Unsinn. Name und Todestag reicht", befand Georg.

Mir schien das zu kalt, zu lieblos, unpersönlich. Aber auf einmal fehlte mir die Kraft, etwas zu entgegnen. Ich wünschte mir Sofie an die Seite, aber die konnte erst am nächsten Tag kommen.

„Möchten Sie Ihren Sohn noch einmal sehen? Am Freitag wäre das möglich."

„Koana mog den sehn", beschied Georg.

„Doch!", sagte ich. „Ich möchte ihn sehen, auch meine Tochter ..."

„Ober net die zwoa Bleedn!"

„Auch mein Bruder wird sich am Freitag von Maximilian verabschieden", gab ich entschlossen zurück.

In diesem Moment fürchtete ich mich nicht vor Georg. Er würde mich erst daheim schlagen, nicht in Gegenwart des Bestatters. Peter war erst sechs Jahre alt und noch viel zu klein für diesen schweren Gang.

„Bevor Sie die Urne auswählen ..."

Erleichtert seufzte ich, weil Max nun doch nicht in einem Sarg vergraben werden sollte.

„Die billigste!"

In diesem Moment wurde mir klar, weshalb Georg einer Feuerbestattung zustimmte: sie war ungleich billiger als eine Beerdigung. Selbst der einfachste Sarg kostete um ein Vielfaches mehr als die teuerste Urne.

„Ich zeige sie Ihnen gleich. Zuvor sprechen wir noch kurz über die Blumen ..."

„Brauchen wir nicht", unterbrach Georg.

„Gut. Dann also die Bewirtung."

„Keine Bewirtung", legte Georg fest.

„Bei einem Kind wird das ganze Dorf kommen", entgegnete der Bestatter.

„Nicht bei nem Sünder. Da gibts nix zum feiern. Sag denen das!"

*****

Ich war tief unter dem Erdreich begraben und konnte mich nicht bewegen, weil ich unter einer zentnerschweren Last gefangen war. Überall in der Nase, in den Ohren und im Mund war Erde. Ich versuchte zu schreien, doch es ging nicht, denn die Erde rutschte tief in meine Kehle. Ich konnte nicht mehr atmen und rang panisch nach Luft. Vergebens. Ich erstickte qualvoll.

„Halt´s Maul, du bleede Brunze!"

Ich spürte den Schlag im Gesicht und war sofort wach. Meine Wange brannte und ich merkte, dass ich in meinem Bett lag und offenbar laut im Traum gesprochen hatte.

„Gib a Ruh oder du fängst noch ne Watschn!", drohte Georg.

Trotzdem fühlte ich mich sicher, sicherer als unter der Erde mit Dreck im Mund.

Max hatte keinen Dreck im Mund, er lag auch nicht in einer Holzkiste, im Sarg. Ich sah meinen toten Jungen vor mir und weinte lautlos, damit Georg es nicht merkt.

*****

Die kleine Dorfkirche war voll besetzt. Ich wunderte mich über die vielen Leute. Kannten sie alle unseren Jungen? Sie betrachteten mich mit Abscheu und tuschelten. Ich hatte das Gefühl, dass sie allein mir die Schuld an Maximilians Tod gaben.

Max mied den Kontakt zu anderen Kindern, er

142

hatte keine Freunde. Trotzdem war seine gesamte Schulklasse hier in der Kirche und viele Kinder aus dem Dorf.

Auch ich hatte keine Freunde. Wir lebten am Rand des Dorfes und taten unsere Arbeit. Ich half eine Woche oder länger bei Familien in Not. Danach brauchten sie mich nicht mehr und der Kontakt brach ab, zumal Georg keine Besucher auf dem Hof duldete. Georg ging oft am Abend ins Wirtshaus. Ich weiß nicht, ob er dort Freunde hatte. Er sprach nicht darüber.

Peter lief auf seine tapsige Art zwischen den Leuten umher und lachte. Er freute sich über die vielen Menschen und verstand die abweisenden Gesichter nicht. Sie schoben ihn von sich und zischten: „Schleich di!" Auch das verstand er nicht und suchte Hilfe bei mir.

„Kann oana den depperten Bua aussi due?", hörte ich eine laute Stimme.

Ich nahm Peter auf meinen Schoß und saß mit Sofie, Ferdinand, Detlef, Georg und meinem Vater in der ersten Reihe. Die Blicke der Leute spürte ich im Rücken wie Stiche.

Die Urne war schwarz und schmucklos. Sie sah aus wie ein kleiner Eimer mit Deckel. Einen Sarg, worin mein totes Kind lag, hätte ich nicht ertragen. Aber ich hatte mir fest vorgenommen, alles auszuhalten, was eigentlich nicht auszuhalten war. Neben der Urne stand ein großes, rot eingerahmtes Foto, worauf Max froh in die Kamera lachte, ein seltenes Bild voller Lebensfreude. So kannte ihn vermutlich nur Sofie, von der diese schöne Aufnahme stammte.

Sofie hatte außerdem ein Plakat gemalt und neben dem Sarg aufgestellt.

Begrenzt ist das Leben,
unendlich die Erinnerung.

Um den Spruch herum flatterten viele gemalte bunte Vögel, auch Schwalben, die Max so gern mochte. Mir zog es schmerzhaft die Kehle zusammen und ich konzentrierte mich auf den großen Strauß Wiesenblumen, um nicht weinen zu müssen. Ich hatte den Strauß heute Morgen gepflückt und Zweige vom Apfelbaum dazwischen gesteckt, obwohl Georg keine Blumen wollte. Der Küster musste alle Blumen, die die Leute aus dem Dorf mitbrachten, draußen vor der Kirche ablegen.

Sofie stellte ich neben den Sarg. Die Orgel erklang. Aber sie spielte keines der Kirchenlieder, eher nur dumpfe Akkorde. Dazu sang Sofie mit klarer Stimme:

Wenn ein Mensch kurze Zeit lebt,
sagt die Welt, dass er zu früh geht.
Wenn ein Mensch lange Zeit lebt,
sagt die Welt, es ist Zeit, dass er geht.

Jegliches hat seine Zeit:
Steine sammeln, Steine zerstreun,
Bäume pflanzen, Bäume abhaun,
leben und sterben und Streit.

Ich kannte das Lied nicht und vermutete, dass sich Sofie den Text selbst ausgedacht hatte. Der letzte Vers klang lange in mir nach: *Jegliches hat seine Zeit, leben und sterben und Streit.* So war es wohl. Es passte und stimmte mich noch trauriger als ich bereits war.

„Lasset uns beten!", stimmte der Pfarrer feierlich an und faltete die Hände vor seinem Kleid. „Der Herr ist mein Hirte. Er erquicket meine Seele … fürchte kein Unglück, denn der Herr ist bei mir."
Kein Unglück? Der tote Max *ist* ein unfassbar großes Unglück und nichts und niemand erquicket meine Seele. Schon gar nicht der Herr, den ich nicht kenne und den bisher noch niemand gesehen hat. Keines dieser Worte hatte etwas mit meinem toten Kind zu tun.
„Himmlischer Vater, behüte uns mit starker Hand und lasse uns danken für alles."
Danken? Wofür? Dass Max nicht mehr bei uns ist?
„Maximilian ist in Frieden von uns gegangen."
In Frieden? Verzweifelt war er! Und verzweifelt

war auch ich.

Die Predigt wurde lauter.

„Herr über Leben und Tod, du hast unseren Bruder Maximilian zu dir gerufen. Komm ihm voll Liebe entgegen und nimm alle Last und Schuld von ihm. Gib ihm den Frieden, den die Welt nicht geben kann. In der Gemeinschaft der Heiligen schenke ihm Auferstehung und Leben. Durch Christus, unseren Herrn. Amen."

Also hatte sich Max nicht getötet, sondern wurde zu Gott gerufen? Das verstand ich nicht. Ich verstand auch nicht, welche Schuld von ihm genommen werden sollte. Und wie sollte er auferstehen und leben, da er doch tot war?

Sofie spürte meinen Unmut, stand auf, ging nach vorn und stellte sich vor den Prediger.

Er zischte: „Geh! Setz dich!"

Doch sie ließ sich nicht beirren, blieb stehen und sprach laut und deutlich: „Mein Bruder Max war äußerst liebenswert und immer freundlich zu mir und auch zu allen anderen. Er liebte alle Tiere und beobachtete gern Vögel, die nun weiter zwitschern, als wäre nichts geschehen. Jeden Tag beginnt ein neuer Tag, die Sonne wird weiter scheinen, aber für mich ändert sich alles, denn Max ist gestorben. Es macht mich unendlich traurig, dass ich ihn nie wieder umarmen kann. Aber er wollte es so. Deshalb werde ich lernen, seinen Willen zu akzeptieren und versuchen, ohne Max zu leben." Sofie nimmt das Foto von Max in die Hand und sagt: „Ich werde dich immer lieben."

Auf den hinteren Reihen schluchzte jemand auf und weinte hemmungslos, vermutlich ein Mädchen, das Max besonders gern mochte.

Der Pfarrer stand am Ausgang und sprach jeden Einzelnen an. Im Nachhinein wurde mir klar, dass er die Leute bat, uns nicht zu folgen, weil wir allein und ganz in Familie trauern wollten.

Auf dem Herd stand die Suppe, die ich noch am Morgen zubereitet hatte. Ich verteilte sie auf sieben Teller. Sofie räumte den achten Teller zurück in den Schrank, den ich aus alter Gewohnheit auf den Tisch gestellt hatte. Für Max.

„Gibt´s kein Fleisch?", schimpfte Georg.

„Wieso?", brauste Ferdinand auf.

Vater brummte zustimmend.

Also holte ich frische Blutwurst, Brot und Butter aus dem Speicher und Messer und Brettchen aus der Schublade.

Ich brachte keinen Bissen herunter. Auch Sofie rührte nur mit dem Löffel auf ihrem Teller, ohne ihn mit Suppe zu füllen und an den Mund zu führen. Peter konzentrierte sich auf das Essen und schaute nicht auf. Er wusste, dass er sich am Tisch unsichtbar machen musste und nicht vor sich hin brabbeln durfte, weil er sonst die Wut seines Vaters zu spüren bekam.

Unvermittelt stieß Georg gegen Sofies Teller, der ihr samt der heißen Suppe auf den Schoß fiel. Sie sprang entsetzt auf, griff nach einem Handtuch und wischte über ihre Kleidung. Dann stellte sie den Teller in die Spüle.

„Wie kannst du es wagen, den Priester zu unterbrechen?", schrie Georg aufgebracht.

„Ich fand alles gut, was Sofie sagte, erheblich besser und passender als die alberne Predigt."

Georg schlug mir ins Gesicht.

„Schlagen kannst du, mehr verstehst du nicht", zischte Sofie zornig.

Georg wurde puterrot im Gesicht und ich fürchtete, dass er einen Gegenstand greift und Sofie damit verprügelt. Aber ich wagte nicht, offen gegen meinen Mann zu rebellieren und mich schützend vor unsere Tochter zu stellen. Sofie lächelte verächtlich und verschränkte die Arme.

„Deine Schläge fürchte ich schon lange nicht mehr. Heute schon gar nicht. Auch deinen Gott fürchte ich nicht, den sich gewalttätige Leute wie du ausdachten."

„Raus!", schrie Georg.

„Ich bin nicht wegen dir hier, sondern allein, um Max auf seinem letzten Weg zu begleiten."

„Raus!", schrie Georg noch einmal.

Dann schmiss er mit Wucht seinen Teller auf den Boden, der sofort zersprang. Ferdinand lachte, bekam aber dieses Mal selbst eine Ohrfeige von seinem Vater. Wut war Georgs einzige Möglichkeit, Gefühle zu zeigen. Vermutlich kannte er ohnehin keine anderen Gefühle.

Nach dem Essen wusch ich die Teller ab und fand mich allein in der Küche. Die Männer hatten ihre Arbeit, Peter seinen Hund und Sofie ertrug schon lange meine Nähe nicht mehr. Sie ging nicht nur mir, sondern jedem aus dem Weg. Nur mit Max verstand sie sich gut. Ich weiß bis heute nicht, worüber die beiden sich unterhielten. Über Mode, Schule oder Musik? Welche Musik mögen die Beiden wohl gehört haben? Und wann? In unserem Haus gab es keine Musik, auch keine Gespräche über Mode oder die Schule. Es gab nicht einmal Spielsachen. Die Kinder halfen sich, indem sie aus Stöckchen und Blättern Männlein und Autos bauten und damit leise spielten. Georg verbot jede Art von Gaudi und duldete kein *sinnloses Geschwätz*. Nicht nur bei Tisch.

„Hast wohl nix zu dua?", schimpfte er, wenn er jemanden sah, der untätig herumsaß.

Ferdinand eiferte seinem Vater in allem nach. Er war grob und schlug schnell zu, weshalb es ständig Ärger im Dorf gab. Es hieß, dass Ferdl

Streit mit jedem suchte und ständig Schlägereien anzettelte. Es war besser, ihn zu meiden. Ich hielt mich fast ausschließlich im Haus auf, wohin Georg und Ferdinand nur zum Essen und Schlafen kamen. Detlef verzog sich zu den Rindern und Vater in seine Werkstatt. Selbst der kleine Peter versuchte, sich unsichtbar zu machen.

Ich fühlte mich schrecklich allein und dachte an Sofies Worte, bevor sie nach Stuttgart ging. Sie sagte, auf diesem Hof sei man lebendig begraben. Jetzt spürte ich am ganzen Körper, wie sie das gemeint hatte.

Langsam stieg ich die Treppe hinauf und klopfte an Maximilians Zimmer, obwohl ich wusste, dass es albern war, denn Max würde niemals wieder in seinem Zimmer sitzen. Aber so war ich es gewohnt. Außerdem hätte sich auch Sofie darin aufhalten können.

Aber es war Peter. Er lag auf Maximilians Bett, der Hund zusammengerollt neben ihm. Mir kamen sofort die Tränen, weil das Bild solch eine Zufriedenheit ausstrahlte. Es tröstete mich und machte mich gleichzeitig unendlich traurig, weil Max nie wieder in diesem Bett liegen würde.

„Hier bleib ich, Mama, der Max hat´s erlaubt."

Ich nickte. Was sollte ich auch entgegnen? Im Grunde war es eine gute Idee, Peter das Zimmer zu überlassen. Es war größer und schöner als sein bisheriges. Vom Fenster aus konnte man weit über die Felder schauen. Obwohl Peter die Tragweite vom Tod oder gar Suizid nicht begreifen konnte, fragte ich ihn, ob er seinen Bruder vermisst.

„Wieso? Max ist immer bei mir, am Tag und in der Nacht. Siehst du ihn denn nicht?"

Peter schaute mich erstaunt an und zeigte neben sich, als würde Max dort sitzen.

Natürlich sah ich meinen verstorbenen Jungen nicht, aber Peter zuliebe sagte ich: „Doch, ich sehe ihn."

Peter lebte in seiner besonderen Welt und sah Dinge und Menschen, wo gar keine waren. Obwohl es verrückt war, tröstete es mich, dass mein kleiner Peter einen Weg für sich gefunden hatte, mit dem Verlust seines großen Bruders umzugehen.

„Jetzt geh raus! Ich will das Bett frisch beziehen und im Schrank Platz für dich schaffen."

Zuerst holte ich einen großen Karton und packte Maximilians Sachen hinein. Dabei konzentrierte ich mich auf die nötigen Handgriffe und versuchte, nicht daran zu denken, wem sie einmal gehörten und nie wieder gehören würden. Dann holte ich Peters Kleidung und auch das Bettzeug aus seinem Zimmer und räumte um.

Diese Arbeit tat mir gut.

Ich hob die Matratze an, um sie gründlich abzu-
stauben und entdeckte darunter ein Heft. Ein
Heft voller wunderschöner Zeichnungen von
Tieren: Kühe, Hühner, Katzen, unseren Hund,
Schwalben im Flug und die Kleinen im Nest,
wie sie ihre Schnäbel aufsperrten.

Verblüfft setzte ich mich aufs Bett und betrachtete fasziniert die Bilder, eines nach dem anderen. Ich wusste nicht, dass Max so hervorra-
gend zeichnete. Was wusste ich überhaupt
über ihn? Nicht viel. Ich wusste, dass er gern
Kartoffeln mit Quark aß und dass er Jeans und
blaue Hemden mochte.

Mir fiel der Polizist ein. Der hatte verlangt, dass
ich nach Tagebüchern und einem Abschieds-
brief suche. Das hatte ich noch am gleichen
Abend getan, fand aber nichts, weder in seinem
Zimmer noch in der Schultasche. Muss ich das
Heft mit den Zeichnungen der Polizei geben?

Wieder blätterte ich Seite für Seite um und entdeckte zwischen all den Tieren die Skizze eines
Mädchens. Es mochte im gleichen Alter wie
Max sein, vielleicht auch jünger. Es hatte kurze
Haare wie ein Bursche, große dunkle Augen
und trug nur eine Art Unterhemd und eine sehr
enge Jeans, was den mageren Körper betonte.
Ich hielt das schöne Bild hoch, um es besser
betrachten zu können. Dabei fiel ein zusam-

mengefalteter Zettel auf den Boden.

*Tamina. Schon ihr Name klingt wie ein Gedicht.
Aber Tamina mag keine Gedichte, sie mag Burschen wie Ferdl, die laut und grob sind, sich
prügeln, aber nicht wie ich nach Stall riechen
und Gedichte lieben. Mich mag sie nicht. Sie
sagt, ich sei wie ein Mädchen. Aber ich bin kein
Mädchen. Ich mag Mädchen, besonders die
mutigen, solche wie Tamina.
Ferdl prahlt, was man mit Dirndln alles machen
kann. Ich würde nie wagen, eines zu berühren,
schon gar nicht Tamina.*

Kannte ich das Mädchen? Der Name war mir
fremd. Vermutlich ging Tamina in Passau zur
Schule und lebte in der Stadt. Tötete sich Max,
weil diese Tamina ihn als zu weiblich, weichlich
empfand? Hat ihn das so sehr gekränkt, dass
er keinen Sinn mehr im Leben sah? Hätte ich
etwas merken können? Er war still wie immer
und hat sich nicht von Ferdinand provozieren
lassen, nichts war anders. Oder war der Streit
nach dem Essen die Ursache? *Du musst mich
nicht mehr lange ertragen*, hatte Max zu seinem
Vater gesagt. War das der Tropfen, der das
Fass zum Überlaufen brachte oder ein lang
gehegter Plan? Ich wusste es nicht und würde
es nie herausfinden.

Was sollte ich mit dem Heft tun? Der Polizei übergeben? Nein, sie würden über Max lachen. Deshalb behielt ich das Heft und zeigte es niemandem, auch nicht Sofie.

Ferdinand

Ferdinand war inzwischen sechzehn Jahre alt, groß und kräftig und der ganze Stolz seines Vaters. Er machte alles nach, was Georg machte: beim Gehen, Arbeiten, Fluchen und Bier trinken. Von mir ließ er sich gar nichts mehr sagen, schon lange nicht mehr. Er führte sich auf wie der Hofherr. Georg platzte vor Stolz auf Ferdl, der so gut mit all dem schweren landwirtschaftlichen Gerät umging und sogar den alten Traktor reparierte. Beide waren mit Leib und Seele Landwirte und beiden war schnelles Wachstum auf den Feldern und im Stall wichtig, weshalb sie Düngemittel einsetzten, die Detlef für giftig hielt. Er sagte, dass die Rinder das neue Futter nicht fressen. Doch sie gewöhnten sich daran, da es ohnehin nichts anderes gab bis auf das zusätzliche Kraftfutter und das spärliche Gras auf der kleinen Weide.

Ich wurde nicht gefragt und hatte wie Detlef den Mund zu halten und mich nicht einzumischen. Dabei war es auch für mich wichtig zu wissen, was gut für unser Vieh ist. Ich wollte mit hinaus aufs Feld fahren, mit zupacken bei der Aussaat und der Ernte.

„Des Weib g´hert ins Haus", sagte Georg ein ums andere Mal.

Also blieb ich im Haus und Garten und half hin und wieder im Stall. Im Haus redete mir keiner rein. Wenn das Essen pünktlich auf dem Tisch stand und es genügend Fleisch gab, hatte ich kaum Ärger zu befürchten.

Peter besuchte seit letzten Herbst die Sonderschule in Passau, wo er sich ausgesprochen wohl fühlte. Er kam erst am späten Nachmittag zurück und trieb am Abend zusammen mit Detlef die Tiere in den Stall.

Danach saßen wir alle gemeinsam am Tisch. Doch es herrschte immer eine gedrückte Stimmung, da es keine Gespräche gab. Erst, wenn Georg mit Ferdl und meinem Vater ins Wirtshaus ging, wurden Peter und Detlef munter, lachten und kicherten und erzählten Lustiges von unseren Tieren.

Zum Beispiel flog eines der Hühner immer über den Zaun und folgte den Kühen auf die Weide.

„Es lässt sich einfach nicht wieder einfangen", beklagte sich Peter.

„Warum lasst ihr das Huhn nicht einfach draußen? Vielleicht kommt es am Abend von ganz allein mit den Kühen zurück."

Aber Peter fürchtete, die Rinder könnten das kleine Tier zertrampeln.

So hatte sich unser Leben geregelt: Peter und Detlef liebten die Tiere und suchten meine Gesellschaft, während Ferdinand mit seinem und meinem Vater schwere Landmaschinen und das Bier liebte. Ich fand das ganz in Ordnung, denn die Menschen sind verschieden und jeder sollte seinen Platz im Leben finden, der zu ihm passt. Mein Platz war im Haus und Sofie studierte in Stuttgart. Anfangs rief sie einmal im Monat an, aber das wurde immer seltener.

*****

Ich schaute aus dem Fenster, weil ich ein Motorengeräusch hörte. Ein Auto fuhr auf den Hof, ein Polizeiauto. Vermutlich gab es wieder Beschwerden über Ferdinand, meist wegen Schlägereien. Ich wusste, dass sich Burschen gern prügeln, aber es gefiel mir nicht. Georg dagegen klopfte Ferdl beifällig auf die Schultern.

„Bist halt a gstandnes Mannbuild", lobte er.

Er lachte auch über meine Angst, dass Ferdinand viel zu schnell mit seinem Moped durchs Dorf raste, obwohl er nicht einmal einen Führerschein hatte. Mich machte es wütend, wenn Ferdl mit vollem Tempo auf Frauen und Kinder zuhielt, als wollte er sie umfahren. Sie erschraken sich jedes Mal zu Tode und beklagten sich über seine Rücksichtslosigkeit. Ich befürchtete, dass er irgendwann nicht rechtzeitig bremst, ein Unglück geschieht und es heftigen Ärger im Dorf und mit der Polizei gibt. Aber Georg fand, Burschen müssen genauso sein wie Ferdl.

Der Junge war noch nicht daheim. Ich hoffte, dass er mit seinem Vater auf dem Feld arbeitete, denn es war Erntezeit. Dann konnte ich die Angelegenheit in Ruhe regeln, ohne dass sich Ferdinand nur amüsierte und Georg wütend auf die Polizisten wurde und sie hinauswarf.

Ich ging hinaus auf den Hof, um die Beschwerde gleich draußen anzuhören. Wenn die Polizei erst einmal im Haus war, wurde man sie nicht so schnell wieder los. Sie füllten Protokolle aus und redeten mir ins Gewissen, obwohl ich nichts gegen Ferdinands heftiges Wesen auszurichten vermochte. Manchmal drohten sie sogar, dass er eines Tages im Gefängnis landet. Meist hoffte ich die ganze Zeit nur, dass weder Ferdinand noch Georg dazu kam. Auch heute.

„Staller."

„Was ist mit dem Stall?"

„Staller ist mein Name", stellte sich einer der Polizisten vor und zeigte mir seinen Ausweis. Dann wies er auf seinen Begleiter. „Mein Kollege Gruber."

Gruber. Er hatte den gleichen Nachnamen wie ich. Gruber ist nach Schmidt und Müller der häufigste Name in unserer Gegend, in unserem Dorf gab es gleich vier Gruber-Familien.

„Sind Sie allein auf dem Hof?"

Warum fragt er das?

„Nein. Mein Bruder ist im Stall und mein Vater wahrscheinlich in der Werkstatt." Ich wies mit der Hand zur Scheune.

„Und Ihr Mann?"

„Mein Mann arbeitet mit unserem Sohn Ferdinand draußen auf dem Feld. Schließlich ist Erntezeit."

Ich machte eine ungenaue Bewegung mit dem Arm in Richtung Feld.

Herr Staller nickte ernst, während der andere Polizist mit den Augen das Feld absuchte.

„Mein jüngerer Sohn Peter ist noch in der Schule", ergänzte ich, obwohl keiner danach gefragt hatte.

Wieder nickte der Polizist und schaute mich mit sehr ernster Miene an. Mich überkam ein mulmiges Gefühl.

„Ist etwas mit Peter?", fragte ich ängstlich.

„Nein. Aber wir sollten uns ins Haus setzen und Ihren Mann dazu holen."

„Warum?"

Plötzlich bekam ich heftige Bauchschmerzen

und drückte mit beiden Händen gegen meinen Leib, um den Krampf einzudämmen. Mir stieß Magensaft sauer auf und ich spürte eine Art Vorahnung auf etwas Unangenehmes oder gar Schlimmes. Es musste mit Ferdl zu tun haben und ich befürchtete, dass er in seinem Übermut jemanden geärgert oder im schlimmsten Fall angefahren hatte. Er jagte einfach zu wild mit seinem Moped durchs Dorf und erschreckte mit seinen waghalsigen Manövern Mensch und Tier.

„In welcher Richtung liegt das Feld, auf dem Ihr Mann arbeitet?"

Ich hob meinen Arm und wies in die Richtung hinter der Scheune.

„Roggen. Er ist bereits geerntet, liegt schon auf Schwad", erklärte ich, obwohl Herr Staller das sicher nicht wissen wollte. „Vielleicht hilft Georg auch bei einem Nachbarn. Ich weiß aber nicht, bei welchem."

„Hat Ihr Mann ein Mobiltelefon?"

„Ein was?"

„Womit Sie ihn anrufen können?"

Ich verstand nicht, was genau der Mann meinte und schüttelte den Kopf.

„Wenn mein Sohn Ferdinand hier wäre, könnte er mit dem Moped aufs Feld fahren und seinen Vater rufen."

„Gut." Herr Staller seufzte. „Wir gehen ins Haus

und mein Kollege fährt mit dem Auto los und sucht Ihren Mann."

„Möchten Sie einen Kaffee?", fragte ich.

Es war eher eine Verlegenheitsfrage, die ich nicht wirklich ernst meinte.

„Gern, wenn es keine Mühe macht und Sie einen mittrinken."

Warum sollte ich mitten am Tag Kaffee trinken? Ich sagte nichts darauf, sondern machte mich am Herd zu schaffen und stellte eine Tasse und Kaffeepulver bereit. Auch ein Kännchen frische Milch. Georg würde ein Bier verlangen und wie immer gleich aus der Flasche trinken. Also holte ich ein kaltes Bier aus dem Gewölbe.

„Was ist los?", polterte Georg.

Er war sichtlich verärgert, weil er bei seiner Arbeit gestört und fortgeholt wurde. Nicht einmal seine Stiefel hatte er ausgezogen, der Dreck vom Feld bröckelte von der Gummisohle auf den frisch gewischten Küchenboden. Verärgert schaute ich ihn an, doch Georg beachtete mich nicht. Er setzte sich an den Tisch, Herrn Staller gegenüber, schlug die Bierflasche gegen die Tischkante, dass der Verschluss in weitem Bogen auf den Boden fiel, und wiederholte seine Frage.

„Ist Ferdl bei dir?", erkundigte ich mich leise und schaute Georg ängstlich an.

Noch könnte man das Schlimmste verhindern, wenn Ferdinand nicht plötzlich zur Tür herein polterte und mit seinen frechen Sprüchen die beiden Polizisten zusätzlich verärgerte.

„Mein Name ist Staller."

„Und?" Georg hob seinen Armstumpf, als wollte er damit drohen. In der Hand hielt er die Bier- flasche und tat einen kräftigen Schluck. Dann wandte er sich an mich. „Was will der Bulle hier?"

Musste er sich so derb ausdrücken? Am Ende stellt Herr Staller einen Strafzettel wegen Belei- digung eines Polizisten aus.

Vater kam herein und ich betete im Stillen, dass nicht auch noch Detlef auftaucht. Und ich hoffte inständig, dass Ferdl erst hereinschneit, wenn der Polizist gesagt hat, was er angestellt hat und möglichst wieder abgefahren ist.

„Es geht um ihren Sohn Ferdinand."

Das war mir klar. Auch Georg, aber er verzog keine Miene und schaute den Polizisten gleich- gültig, fast spöttisch aus zusammengekniffenen Augen an. Herr Staller räusperte sich.

„Ihr Sohn ist tot."

Ungläubig schüttelte ich den Kopf. Tot? Das kann gar nicht sein.

„Wo ist er eigentlich?", fragte ich und merkte nicht, wie dumm diese Frage war.

Vater fing an zu weinen. Ich hatte ihn noch niemals weinen sehen, nicht bei Mutters Tod und auch nicht, als Ludwig und Max starben.

Georg erkundigte sich trocken: „Wie ist es passiert?"

„Ihr Sohn überholte mit seinem Moped einen überbreiten Mähdrescher. Die Straße war stark verschmutzt. Erntezeit."

Ausgerechnet ein Mähdrescher, den Ferdinand so über alle Maßen liebte. Er wollte sicher beim Überholen das Schneidwerk näher betrachten, vielleicht vom Moped steigen und ein Stück mit aufs Feld fahren.

„Ich will ihn sehen", sagte Georg und stand auf.

„Das geht nicht", erwiderte der Polizist.

Georg schob den Mann grob zur Seite.

„Wo ist er?" Drohend baute er sich vor Herrn Staller auf. „Du sagst mir jetzt, wo mein Bub ist! Ich will ihn sehen! Sofort!"

„Das geht nicht", wiederholte Herr Staller ruhig. „Das ist … das ist kein schöner Anblick, den Sie sich ersparen sollten."

„Du solltest die Goschn halten und mir überlassen, was ich sehen will und was nicht!", brüllte Georg.

Seine Stimme klang nicht wie seine Stimme, eher wie die eines wilden Tieres.

„Warum?", fragte ich leise.

„Ihr Sohn wurde von den scharfen Schneidemessern aufgespießt."

„Habt ihr ihn einfach verrecken lassen? Hat niemand den Sanka gerufen?"

Georg war außer sich vor Wut und ich wusste, dass nichts ihn beruhigen würde. Ferdl war sein Stolz, seine Hoffnung, sein Ein und Alles. Ohne Ferdinand hätte er Ludwigs Tod nicht verkraftet.

„Niemand konnte Ihrem Sohn helfen. Der Tierarzt ..."

„Tierarzt? Mein Sohn ist kein Stück Vieh!", brüllte Georg.

„Natürlich nicht." Der Polizist blieb ganz ruhig und vollendete seinen Satz. „Der Tierarzt war zufällig in der Nähe und sofort zur Stelle, doch er konnte nur noch den Tod feststellen. Den hat der Arzt kurz darauf bestätigt."

„Welcher Arzt? Wie heißt der Idiot, der verhindert hat, dass meinem Sohn geholfen wird? Den Drecksack kaufe ich mir."

Georg schlug mit der Faust auf den Tisch. Der Polizist sagte kein Wort, aber ich sah, dass er Georg nicht aus den Augen ließ. Auch der andere Polizist verfolgte jede Regung meines Mannes, der völlig außer sich geraten war. Er hob den schweren Tisch an und kippte ihn auf die Seite, Tassen und Flaschen fielen klirrend zu Boden. Vater weinte noch immer still vor sich hin.

In diesem Moment ging die Tür auf und Detlef

kam herein. Er sah unseren weinenden Vater, den umgestürzten Tisch und die beiden Polizisten, die versuchten, Georg zu schützen, der auf alles einschlug, was er greifen konnte. Ich zeigte auf Detlef, nickte den Polizisten zu, packte Detlef am Arm und zog ihn nach draußen.

„Komm! Wir gehen in den Stall."

„Stall. Nein!"

Detlef stieß mich zur Seite und wollte zurück ins Haus. Normalerweise war er sanft wie ein Lamm, doch wenn er unsicher war, rastete er manchmal aus. Er konnte sich die Situation in unserer Küche nicht erklären und wusste nicht, wie er nachfragen sollte. Worte zu formulieren fiel ihm schwer. Aus seinem Mund tropfte Speichel und seine Wangen fingen an zu glühen. Detlef war nicht in der Lage, sich zu beherrschen und ich nicht in der Lage, seinen hilflosen Zorn zu bändigen. Er zog zuerst an seinen Haaren und dann an meinen, riss an meiner Schürze und schob mich derb hin und her.

„Detlef!", sagte ich so ruhig wie möglich, obwohl ich nicht wirklich wusste, was ich machen soll.

Ich versuchte, seine Hände zu greifen, aber er fuchtelte wild mit den Armen.

In diesem Moment fuhr ein Krankenwagen auf den Hof. Zwei Männer sprangen aus dem Fahrzeug und liefen eilig auf uns zu. Sie packten Detlef mit geübten Griffen und schoben ihn auf einen Sitz im Auto. Dort schnallten sie ihn fest und verpassten ihm eine Spritze. Detlef hörte sofort auf zu brüllen, aber ich war ganz außer mir und schrie: „Was fällt Ihnen ein? Sie können doch nicht einfach ...“

„Doch, wir können“, sagte einer der Männer barsch. „Wir mussten Ihren Mann ruhigstellen, damit er sich nicht selbst schadet.“

„Die Polizei hat uns alarmiert“, ergänzte der andere etwas freundlicher.

Schlagartig wurde mir klar, dass die Helfer wegen Georg hier waren, der aus Verzweiflung wahnsinnig geworden war.

„Das hier ist mein Bruder. Er ist nicht gewalttätig, nur hilflos.“ Ich zeigte aufs Haus. „Mein Mann ist drinnen.“

Die Männer schnappten einen Koffer und liefen eilig zum Haus, während ich versuchte, Detlef loszubinden, was mir leider nicht gelang. Entweder, die Gurte waren zu fest oder irgendwie gesichert, so dass ich sie nicht öffnen konnte. Also kauerte ich mich vor den Sessel, an dem Detlef festgebunden war und streichelte seine Knie. Dann nahm ich seine Hand in meine.

„Georg ist nicht böse. Er ist traurig wie unser Vater, denn Ferdl ist gestorben. Er wurde von einem Mähdrescher überfahren.“

Ich konnte die ganze Entsetzlichkeit aussprechen, als würde sie mich nicht betreffen, denn ich saß vor Detlef und musste ihm beistehen. An mich dachte ich nicht, denn ich wollte mich auf keinen Fall mit den Tatsachen beschäftigen, obwohl ich die Bedeutung meiner Worte sehr wohl verstand. Doch ich schob sie einfach beiseite.

„Gleich wird es dir besser gehen. Sobald die Männer zurück sind, legst du dich in den Stall und schläfst ein bisschen. Ich warte auf Peter. Er wird dich wecken und mit dir zusammen die Kühe von der Weide holen." Ich ließ Detlefs Hand los und streichelte noch einmal sein Knie. „Ist das gut für dich?"

Detlef nickte und ich sah, wie seine Augen zufielen. Ich wusste nicht, ob er meine Worte verstanden hatte. Ich wusste auch nicht, ob ich hier auf die Männer warten oder zu den vielen Männern in meiner Küche zurückkehren sollte. Lust dazu verspürte ich nicht. Doch es musste sein. Georg war außer sich. Mit ihm wollte ich nicht allein sein. Mit den Polizisten aber auch nicht.

In diesem Moment fuhr ein weiteres Fahrzeug auf den Hof. Ich erkannte den Arzt und bat ihn, Detlef loszubinden.

„Später", sagte er und lief ins Haus.

Ich folgte ihm. Georg saß auf einem Stuhl und ließ den Kopf hängen. Der Arzt hockte vor ihm und untersuchte Puls und Blutdruck. Nach einer

Weile verabschiedeten sich die Polizisten. Ich bat die Sanitäter, Detlef loszubinden und ging mit ihnen nach draußen und später mit Detlef in den Kuhstall. Dort vergruben wir uns im Futterheu und hielten einander fest, so, wie wir es damals als Kinder taten.

Ich kam erst wieder zu mir, als Peter von der Schule kam.

*****

Ferdinand war vermutlich sofort tot. Das hatte der Tierarzt gesagt und später auch der Arzt bestätigt. Es beruhigte mich, dass Ferdl wohl nichts gemerkt und keine Schmerzen gespürt hatte. Aber das machte den Tod nicht besser.

Der Mähdrescherfahrer fuhr langsam und ganz rechts. Er erlitt einen Schock, obwohl er keine Schuld daran hatte, dass Ferdl ihn überholen wollte. Die Schuld lag ganz allein bei unserem Jungen, der nicht einmal einen Führerschein besaß, weshalb Georg noch einmal auf die Polizeiwache bestellt wurde, als könnte ein Strafzettel jetzt noch etwas ändern.

Georg schlief nicht mehr im Ehebett, sondern in Ferdinands Zimmer. So hatte ich zwar meine Ruhe, aber ich konnte sie nicht genießen, weil ich wusste, *warum* ich meine Ruhe hatte. Ich träumte wieder jede Nacht, dass ich unter der Erde ersticke. Aber wenn ich mich in Panik im Bett aufsetzte, holte mich kein Schlag ins Gesicht in die Wirklichkeit zurück.

Ich fühlte mich schrecklich einsam. Ich sah, wie sehr Georg litt, aber es war mir nicht möglich, ihm zu helfen, weil ich selbst wie gelähmt war vor Entsetzen. Georg war müde, sehr müde oder erschöpft. Er aß nichts mehr, jedenfalls nicht an unserem Tisch. Vielleicht brach er hin und wieder ein Stück Brot vom Laib oder biss in eine Wurst. Ich weiß es nicht. Er duldete nicht, wenn jemand lachte oder auch nur laut sprach. Alles und jeder schien ihm unerträglich.

„Maul halten!", war alles, was ich wochenlang von ihm hörte.

*****

Sofie kam nur kurz für einen Tag zur Trauerfeier, was ich ihr übel nahm. Warum stand sie mir nicht bei?

„Bleib hier!", bat ich. „Ich brauche dich."

„Ich weiß, aber ich lebe nicht mehr hier, ich lebe in Stuttgart."

„Es ist nur ein Studium. Kannst du es nicht unterbrechen? Für ein Jahr? Oder ein halbes?"

„Nein!", antwortete sie hart. „Ich kann nicht und ich will auch nicht."

„Ich pack das nicht allein."

„Du bist nicht allein. Du hast noch dein liebes kleines Bädale, dein Herzensbübele", sagte sie und klang garstig.

Warf sie mir vor, dass ich mich um den Kleinen mehr kümmerte als um sie? Sie war zwölf Jahre alt, als Peter geboren wurde und brauchte mich nicht mehr, jedenfalls nicht so wie Peter. Selbst Detlef war mehr auf mich angewiesen als Sofie.

„Sei nicht unfair, Sofie."

„Unfair? Ich? Du bist die, die nie gerecht war, hast uns Kinder nie gleich behandelt."

Natürlich nicht, weil alle verschieden waren. Es wäre eher nicht gerecht gewesen, wenn ich alle gleich behandelt hätte. Verstand sie das nicht? Sie lebte inzwischen ihr eigenes Leben in der Fremde, obwohl hier auf dem Hof ihr Zuhause war. Hier gehörte sie her. Hier wurde sie gebraucht.

„Du fährst also zurück", gab ich kleinlaut nach.

„Was soll ich hier? Hier in der Pampas gibt es nicht einmal Internet!", rief sie empört aus.

Ich wusste, was Internet ist. Dabei verbinden sich Computer ebenso wie beim Telefon. Aber ich habe bereits ein Telefon und brauche keinen Computer. Wozu und wem sollte solch eine Kiste nützen?

„Ohne Auto ist man hier lebendig begraben,

weil in dieses Kaff kaum ein Bus fährt. In Stuttgart braucht man kein Auto, da nutzt man unzählige Stadtbahnen, die aller paar Minuten in jede Ecke der Stadt fahren."

Ich nickte, verstand aber nicht, was daran so besonders gut ist.

„Mama, ich habe jemanden kennengelernt, jemand, der mich versteht, der mich so nimmt, wie ich bin."

Verliebt ist sie also. Das freute und ängstigte mich gleichermaßen. Was, wenn der Mann nur anfangs nett ist und sie später schlägt? Sollte ich sie warnen? Nein, weil sie sowieso nicht auf mich hört. Liebe macht blind. Und gegen einen Freund hat eine Mutter sowieso keine Chance.

„Bring ihn das nächste Mal mit!", sagte ich versöhnlich. „Ich möchte ihn kennenlernen. Hier ist viel Platz. Ihr könnt so lange bleiben, wie ihr wollt."

Sofie verdrehte die Augen und lachte.

„Es ist kein Er, es ist eine Frau. Ihr ist es gleichgültig, dass ich kaum etwas sehe. Sie liebt mich auch dann, wenn ich schlecht gelaunt bin."

Sie lieben sich? Nein, das hatte ich wohl falsch verstanden. Sofie war normal, sie war keine, die mit Frauen ins Bett steigt. Das ist ja widerlich. Ich wagte nicht, nachzufragen. Außerdem schimpfte sie munter weiter.

„Vater hat mich nicht einmal dann geduldet,

wenn ich alles richtig gemacht, wenn ich in seinem Sinn funktioniert hatte."

„Aber Sofie!"

„Aber Sofie!", äffte sie mich nach und verzog angewidert den Mund. „Lass mich wenigstens einmal ausreden!"

Sie redete die ganze Zeit, mehr, als sie jemals in unserem Haus geredet hatte. Was wird das? Eine Abrechnung vergangener Verfehlungen? Ich konnte die Zeit nicht zurückdrehen und war auch nur ein Mensch, der alles richtig machen will, aber nicht alles richtig machen kann.

„Mama, es hat keinen Zweck. Du wirst mich nie wieder zu irgend etwas zwingen, was ich nicht machen will. Und jetzt will ich gehen. So schnell komme ich jedenfalls nicht wieder."

Sofie ging einfach davon. Sie wartete nicht, bis ich mich beruhigt hatte. Ihr war es gleichgültig, wie ich mich fühlte. Sie lehnte sogar meine Begleitung zum Bahnhof ab und rief sich ein Taxi. Hasste sie mich, weil ich sie nie beschützte? Ich hatte sie enttäuscht. Und weil ich sie enttäuscht hatte, war sie grausam zu mir.

Georg

Sobald mich Georg sah, rief er nach mir. Er brauchte mich, um seinen Frust an mir abzulassen. Ich sollte ihm dies und das holen oder wegtragen, aber er war nie zufrieden und fluchte über mein Ungeschick. Oft schlug er mich, weshalb ich stets bemüht war, ihn nicht zu reizen und auf Abstand zwischen uns zu achten.

Schlimmer als Georgs direkte Bosheiten waren seine Überfälle aus dem Hinterhalt. Er schlich sich unbemerkt heran und schlug mit einem Stock oder der Mistgabel auf mich ein. Dann hatte ihn die Trauer über Ferdinands Tod übermannt und er konnte sie nur durch Wut herauslassen. Meist hatte ich großes Mitleid mit ihm. Aber manchmal überkamen mich niedere Gedanken und ich hatte Lust, ihn unbarmherzig stehenzulassen. Sollte er doch sehen, wie er mit seinem einen Arm allein zurecht kam.

Georg sprach nur, wenn er mir Befehle erteilte. Dass er ansonsten nicht redete, störte mich nicht, da ich Gespräche ohnehin nicht gewöhnt war. Vater wollte nicht sprechen und Detlef konnte nicht sprechen. Auch Peter sagte nicht viel, er dachte sich seine eigenen Worte aus, die keiner verstand, und brabbelte und summte vor sich hin. Deshalb musste ich alles mit mir allein ausmachen, so dass sich mein Kummer in jeder Faser meines Körpers festfraß. Ich trug ganz allein die Verantwortung für Peter, Detlef, unseren Vater und nun auch für meinen Mann. Er schien mir nicht mehr zurechnungsfähig. Mal schwieg er und sagte tagelang kein einziges Wort, mal schrie er Schimpfworte und recht oft schlug er wild um sich. Ich ging ihm so gut ich konnte aus dem Weg und schärfte Peter ein, so schnell wie möglich fortzulaufen, wenn sein Vater nach ihm rief.

*****

Es war Spätsommer. Peter war in der Schule und ich schaute Detlef nach, wie er zusammen mit dem Hund das Vieh auf die Weide trieb. Danach ging ich in meinen kleinen Garten, denn heute hatte ich frei. Ich erfreute mich an den Kräutern und Blumen und zupfte hier und da verwelkte Blätter ab. Manches spross von selbst, anderes musste gesät, gepflanzt, gehegt und gepflegt werden.

Georg war nirgendwo zu sehen, vermutlich hatte er auf dem Feld zu tun und würde mich in Ruhe lassen.

Beim Mittagessen passierte etwas ganz Ungewöhnliches: Georg lächelte mich an, was mich völlig irritierte. Sofort war ich auf der Hut, denn ich glaubte, dass er sich eine Bosheit für mich ausdachte, die ihn schon im voraus amüsierte. Vielleicht sollte ich wieder den Stier festhalten, wovor ich mich immer fürchtete. Der Stier war zwar friedlich, doch nur, wenn man ihn in Ruhe ließ. Aber Georg ließ ihn nicht in Ruhe. Er empfand eine niederträchtige Freude, den Bullen zu reizen. Georg ließ sein Essen stehen und verließ die Küche, wobei er immer noch lächelte. Das machte mir Angst, weil es irgendwie blöde wirkte. Trotzdem seufzte ich erleichtert und hatte gleichzeitig ein schlechtes Gewissen, weil es mich so freute, meinen Mann nicht sehen zu müssen.

*****

Nach dem Abendessen brachte ich Peter zu Bett und setzte mich in die Küche, um seine Jeans auszubessern. Ständig wetzte er den Stoff an den Knien durch, weil er nach wie vor auf dem Boden herumrutschte statt zu laufen. Ich hob die alten Sachen auf und nähte daraus Flicken für seine Hosen. Peter störte das nicht, er merkte es nicht einmal.
Seit einer ganzen Weile hörte ich die Kühe brüllen. Sie waren unruhig, was auch mich beunruhigte, denn im Stall verhielten sie sich am Abend still, schnauften nur leise und raschelten mit dem Einstreu. Unsere Kühe wurden schon lange nicht mehr angebunden. Sie konnten sich zusammen mit den Kälbern frei im Stall bewegen. Nur kurz vor dem Abkalben sperrten wir die entsprechende Kuh in eine extragroße Box,

die Detlef immer rechtzeitig mit besonders viel Stroh herrichtete, damit sie ungestört und selbständig ihr Kalb zur Welt bringen konnte. Wir griffen nur ein, wenn es unbedingt notwendig war, um dem Tier durch unnötige Hilfe nicht zu schaden. Aber dieses Mal war es eine junge, noch unerfahrene Kuh, weshalb ich in den Stall lief, um nachzusehen, ob sie Probleme hat. Ich hoffte, nicht den teuren Tierarzt rufen zu müssen, was Georg immer in Wut brachte. Wo war er überhaupt? Hatte er das aufgeregte Brüllen der Kühe nicht gehört? Oft ging er absichtlich nicht in den Stall, weil er die Tiere nach wie vor nicht mochte. Lieber saß er im Gasthof.

In der Box war alles in Ordnung. Die Kuh lag ruhig auf dem Stroh, es würde also heute Nacht nichts passieren. Ich lief weiter durch den Stall und sah einige Kühe entspannt im Stroh dösen, andere standen und schauten sich irritiert nach mir um. Das ungewohnte Licht meiner Lampe blendete sie. In der hinteren Ecke schnaubte und stampfte der Stier. Er war erst zwei Jahre alt und eigentlich ein ruhiger Geselle. Trotzdem durfte man nicht leichtsinnig sein und sollte sich ihm besser nicht nähern. Früher separierten wir die Stiere, doch das gab mehr Unruhe, als wenn sie auch in der Nacht bei den Kühen und Kälbern bleiben durften.

Ich mochte unsere Rinder und kannte jedes Tier bei seinem Namen, was Georg lächerlich fand. Es sind intelligente, friedliche und neugierige Tiere, jedes auf seine Art anders. Einige waren scheu, andere kühn. Auf mich wirkten sie beruhigend, wenn sie mich aus ihren sanften großen Augen anblickten und leise vor sich hin schnauften. Nur vor dem Stier nahm ich mich in Acht. Ich wusste immer, wo er war und ließ ihn nicht aus den Augen. Sein Blick war nicht so sanft wie der der Kühe und Kälber, sein Blick war lauernd, als ob er auf einen unachtsamen Moment warte, um anzugreifen und mich niederzureißen. Er trug zwar den vorgeschriebenen Nasenring, doch in der Not würde ich den nicht so schnell ergreifen können. Deshalb ging ich noch einmal ins Haus und rief nach Detlef. Er kam mir schon entgegen und erkundigte sich aufgeregt, was denn los sei bei den Kühen.

„Ich weiß es nicht. In der Abkalbbox ist alles in Ordnung. Nur der Bulle scheint mir aufgeregt. Er schnaubt und stampft."

Vielleicht hatte er das Nest einer Katze gefunden und die Jungen zertrampelt. Das wollte ich keinesfalls sehen. Kurz dachte ich an Georg, der die Katzen immer fortscheuchte und sogar Holzscheite nach ihnen warf. Jetzt saß er wohl im Gasthof und betrank sich. Ich wusste nicht, ob er dort ebenso bösartig war wie daheim. Er kam und ging, tat das eine und ließ das andere bleiben; wie es ihm gerade einfiel. Ich wusste nie, woran ich war und fragte auch nicht, weil es mich seiner Meinung nach nichts anging.

Langsam gingen Detlef und ich zur hinteren Ecke, wo der Stier noch immer schnaufte und mit den Füßen trat. Er drehte sich zu uns um, senkte den Kopf und schaute uns böse aus seinen kleinen Augen an. Ich versteckte mich hinter Detlef und lugte zaghaft hinter seinem breiten Rücken hervor.

Da sah ich ihn!

Georg!

Er lag seltsam verrenkt in der hintersten Ecke im Einstreu und bewegte sich nicht. Der Stier stand drohend vor ihm, schnaufte und scharrte mit den Füßen. Detlef hielt einen langen Stock in der Hand, ging langsam und ruhig auf das Tier zu und trieb es aus der Ecke. Ich stand wie gelähmt und wusste nicht, ob ich verzweifelt oder erleichtert sein sollte.

„Dokdok", keuchte Detlef leise und noch einmal lauter und deutlich: „Hol Doktor!"

Detlef hatte Recht. Ich musste sofort den Arzt anrufen und lief ins Haus.

Erst am Telefon, als der Arzt sich nach der Art der Verletzung erkundigte, wurde mir bewusst, dass ich mich nicht um Georg gekümmert hatte. Ich hätte nach Verletzungen suchen und den Puls fühlen müssen. Mit diesen Selbstverständlichkeiten kannte ich mich gut aus, doch sie waren mir nicht eingefallen.

„Sie gehen jetzt zurück in den Stall und warten dort auf mich!"

„Ich kann nicht", stammelte ich.

„Sie müssen!", sagte der Arzt und legte auf.

Ich nickte, obwohl er das nicht sehen konnte.

*****

Später erklärte mir der Arzt, dass Georg noch im Stall verstorben ist. Ihm hätte ich nicht helfen können, auch dann nicht, wenn ich sofort den Rettungshubschrauber gerufen hätte. Der Bulle hatte ihn zuerst gegen die Wand gedrückt und dabei den Brustkorb zerquetscht. Daraufhin muss er gefallen sein oder wurde vom Stier umgerissen und zertrampelt.

Solch ein entsetzliches Ende wünscht man niemandem, schon gar nicht dem eigenen Mann. Die Polizei erlegte sofort das Tier, das musste sein. Vielleicht hatte Georg den Stier wie so oft gereizt oder der Bulle wollte nur seine Herde verteidigen. Ich dachte lange darüber nach, obwohl es im Nachhinein nichts brachte.

Detlef und Peter weinten mehr um den getöteten Stier als um Georg, was ich sogar verstand. Makaber fand ich, dass der Verkauf des Kadavers die Beerdigung bezahlte. Ich wollte keinen neuen Bullen kaufen, weshalb es auch keine Kälber mehr geben wird. Aber das war gut so. Ich wollte nach und nach alle Kühe, Jungbullen, Färsen und Kälber abholen und schlachten lassen. Zwar wusste ich nicht, wovon wir dann leben sollten, aber mein Plan stand fest.

*****

„Wie kann ich Ihnen helfen?", erkundigte sich freundlich der Bestatter.

Ich zuckte mit der Schulter, weil ich nicht die geringste Ahnung hatte, was zu tun war.

„Wenn ich den Totenschein habe, kann ich alle Formalitäten erledigen."

„Welche Formalitäten?"

„Standesamt, Versicherungen, Nachlassgericht und natürlich die Trauerfeier organisieren."

Die Unterlagen befanden sich vermutlich in Georgs Schrank, der immer verschlossen war. Genau wusste ich es nicht, denn mir war streng verboten, an seine Papiere zu gehen.

„Mit der Bank müssen Sie selbst sprechen."

Ich nickte, bekam aber plötzlich Panik. Wie sollte ich das alles schaffen? Einen Teil der vielen Wege nahm mir der Bestatter ab. Aber was wurde aus dem Hof, wenn es den Bauern nicht mehr gab? Detlef würde sich weiter um das Vieh kümmern. Aber wer bestellte die Felder und sorgte für das Futter? Ich hatte keine Ahnung von Getreidewirtschaft und Vater war keine Hilfe. Mir gingen so viele wichtige und unwichtige Dinge gleichzeitig durch den Kopf, die das grauenhafte Bild vom zerquetschten Georg in der Ecke des Stalls vertrieben.

*****

Die kleine Kirche war voll besetzt. Ich saß vorn in der ersten Reihe mit meinem Sohn, meinem Bruder und meinem Vater. Sofie kam nicht. Sie schulde ihrem Vater nichts, sagte sie. Aber mir wäre sie eine große Hilfe gewesen.
„Vater war kein guter Mensch. Er hat es nicht verdient, dass ich ihm die letzte Ehre erweise."
„So etwas sagt man nicht", tadelte ich. „Du bist die einzige Tochter, du *musst* zur Beerdigung kommen! Was sollen die Leute sagen?"
„Das ist mir gleichgültig."
„Mir nicht! Ich lebe hier."
Ich hörte Sofie heftig atmen.
„Vater hat weder mich noch dich als Mensch wahrgenommen, wir mussten nur funktionieren. Und da soll ich so tun, als ob er es wert ist, ihn auf seinem letzten Weg zu begleiten?"

„Mir zuliebe", bat ich verzweifelt.

„Wo Verstand fehlt, ist der Gehorsam leicht", blaffte sie und legte auf.

Meinte Sofie, dass mir der Verstand fehlte, weil ich meinem Mann gehorchte? Sie hatte Recht. Ich gehorchte zuerst meinem Vater und später Georg und habe mir von beiden jede Grobheit bieten lassen. Das war wirklich sehr dumm, aber ich sah nie einen anderen Weg.

Ich wollte mir nichts nachsagen lassen und erklärte mich mit einer katholischen Beerdigung einverstanden, obwohl mir das ganze Gedöns auf die Nerven ging. Gott braucht dieses Theater nicht. Auch ich brauchte es nicht. Ich trauerte um Georg, den unser Stier tot gedrückt hatte. Der Pfarrer sprach von Opfer und auch von Strafe. Strafe hatte Georg verdient, doch ich glaubte nicht, dass Gott Opfer verlangt. Er straft und verurteilt nicht. Das machten nur die Menschen.

„Gott hat die Schöpfung so erdacht, dass sie auf Risiko basiert."

Ja, das ganze Leben ist ein Risiko. Georg verlor seinen Arm bei der Arbeit, weil er riskierte, ein verklemmtes Stück aus dem Mähdrescher zu ziehen. Und er verlor sein Leben, weil er es riskierte, dem Stier zu nahe zu kommen.

„Die Trauer wird aufgehoben durch die Hoffnung, dass es weitergeht."

Für wen geht es weiter? Und *wie* soll es ohne Georg weitergehen. Ohne den Mann, mit dem ich länger als zwanzig Jahre zusammenlebte. Er war nicht gut zu mir, aber er war mein Mann und der Vater unserer fünf Kinder. Drei unserer Buben waren ihrem Vater bereits vorausgegangen. Mir blieb nur noch der kleine Peter, denn Sofie hatte sich von mir abgewandt. Worauf konnte ich jetzt noch hoffen?

„Georg geht nun heim, Gottes Liebe wird ihn begleiten."

Georgs Heim war der Gruber-Hof. So wie für mich und meinen neunjährigen behinderten Buben und meinen ebenfalls behinderten Bruder, der inzwischen zweiunddreißig Jahre alt war, und meinen Vater. Der Gruber-Hof hatte uns zwar bis jetzt ernährt, aber kein Glück gebracht.

*****

Den Unterlagen nach gehörte der Hof nach wie vor meinem Vater, obwohl er kurz nach meiner Hochzeit sagte, dass er den Hof Georg überschreibt. Das Haus war alt. Zwar hatte ich inzwischen einige moderne Haushaltsgeräte, die mir die Arbeit erleichterten, doch die Fenster waren undicht. Bei Sturm klapperte das ganze Haus, das Dach, die Fenster und Türen, so

dass ich manches Mal befürchtete, die Dach-
ziegel fliegen davon. Wenn der Regen gegen
die Fenster peitschte und an ihnen riss, wäre
ich am liebsten davongelaufen und hätte mich
an einem sicheren Ort versteckt. Aber wo sollte
dieser sichere Ort sein? Ich war auf dem Gruberhof Haus daheim und würde hier bleiben bis
zum letzten meiner Tage. Natürlich musste bis
dahin vieles ausgebessert und in Ordnung gebracht werden, doch Vater sagte, das ginge
mich nichts an, sei nicht nötig und außerdem
fehlte das Geld.

Ich wusste nicht, wie viel Geld wir hatten. Vater
und auch Georg sprachen niemals mit mir über
solche Dinge. Das war Sache des Bauern und
nicht der Hausfrau. Für sie zählte nicht einmal
mein Verdienst als Dorfhelferin. Es war nicht
viel, aber es reichte, um Lebensmittel zu kaufen, die der Hof nicht hergab, manchmal Kleidung oder eine neue Schüssel, wenn eine alte
zersprungen war.

*****

Die Tür zur Küche wurde aufgestoßen. Ich hatte kein Klopfen gehört. Vor mir stand breitbeinig
ein fremder Mann, stemmte seine Fäuste in die
Hüften und lachte breit.

„Du musst keine schwarzen Trauerkleider tragen! Dein Mann ist nicht tot. Er lebt."

Dabei klopfte er sich gegen die Brust und lachte noch einmal. Es war ein seltsames Lachen, halb verlegen und halb boshaft. War der Mann betrunken? Hier auf dem Dorf duzte man sich, doch Fremden gegenüber blieb man misstrauisch.

„Wer sind Sie?"

„Gunter war mein Mann. Ich bin die Bärbel", flötete eine Frau, die sich hinter dem Mann durch die Tür zwängte.

Sie war unglaublich dick, hatte orange gefärbte Haare und schwitzte stark.

„Ich war mit dem Gunter drei Jahre verheiratet. Dann ist er einfach abgehauen."

„Welcher Gunter?", fragte ich irritiert, obwohl es mich weder etwas anging noch interessierte.

„Der Gunter, der mich sitzengelassen und sich hier bei dir auf dem Hof versteckt hat."

Ich verstand kein Wort. Musste ich auch nicht.

Ich zeigte auf die Tür und sagte: „Hier gibt es keinen Gunter. Gehen Sie!"

Die Frau kicherte dümmlich, der Mann lachte wieder sein boshaftes Lachen.

„Du glaubst, du bist mit Georg verheiratet. Aber das stimmt nicht."

Nicht? Wir waren auf dem Standesamt und in der Kirche und ich hatte eine Eheurkunde und ein Familienstammbuch. Eigentlich war ich den

Fremden keine Antwort schuldig, weshalb ich mich schon ärgerte, sie überhaupt angehört zu haben.

„Der richtige Georg bin nämlich ich", ergänzte der Mann.

„Genau! Der Tote ist der Gunter und ich bin seine Witwe. Du bist laut Urkunde mit Georg verheiratet, aber der richtige Georg ist der hier."
Bärbel packte ihren Begleiter derb an der Jacke und zog ihn näher.

„Was ist hier los?", polterte mein Vater, der zusammen mit Detlef in die Küche kam.

Es war Mittagszeit und ich hatte den Tisch noch nicht gedeckt, was Vater ärgerte.

„Georg heißt in Wirklichkeit Gunter", stotterte ich hilflos.

„Na und? Namen sind nur Schall und Rauch."

„Die Sache ist die, dass ich ..." Bärbel blinzelte Vater zu, spitzte die Lippen und wackelte mit ihren breiten Hüften. „Dürfen wir uns setzen?"

„Nein!", bestimmte Vater, während ich stumm auf die Stühle zeigte.

Bärbel setzte sich, der Mann blieb stehen. Ich wollte mich nicht an den Tisch zu dieser unangenehmen Frau setzen. Detlef schaute mich ängstlich an und wusste nicht, ob er sitzen, stehen, dableiben oder gehen soll. Er stellte sich vor die Tür zur Stube und umklammerte die Klinke. So konnte er zur Not davonlaufen.

„Also, die Sache ist die", begann Bärbel von vorn, „Gunter und ich heirateten 1973. Ein Jahr später wurde unsere Tochter geboren."

„Schwatz nicht! Fass dich kurz!", befahl Vater.

„Also unsere Tochter starb mit neun Monaten an plötzlichem Kindstot. Statt mich zu trösten, ist Gunter einfach abgehauen, hat mich in meinem Schmerz sitzenlassen und sich nie wieder gemeldet."

„Na und? Was geht's mich an?", zischte Vater.

Bärbel suchte in ihrer Tasche nach einem Taschentuch, tupfte den Schweiß von Hals und Gesicht und stopfte das Tuch in ihren Ausschnitt.

„Ich glaubte, mein Gunter wäre vor Kummer in die Donau gegangen." Sie schniefte laut und verzog den Mund, als müsse sie weinen. „Aber ich habe ihn nicht für tot erklären lassen. Deshalb bin *ich* seine Witwe und deine Ehe ist ungültig."

Herausfordernd schaute sie mich an.

„Genau", sagte der Mann und feixte. „Laut Urkunde bist du nämlich *meine* Frau."

Ich sah fassungslos von einem zum anderen und verstand kein Wort. Georg war gar nicht Georg? Der richtige Georg stand vor mir und behauptete, ich sei seine Frau. Wie sollte das gehen?

„A Schmaaz wia a Britsch!", rief Vater aus, was

wohl bedeuten sollte, dass er die Geschichte für Unsinn hielt.

Nach einigem Hin und Her klärte sich die Geschichte folgendermaßen: Georg, der eigentlich Gunter hieß, hatte bei seiner Flucht die Geburtsurkunde seines Bruders Georg gestohlen und sich damit in Passau einen neuen Ausweis beschafft. Das erklärte auch, weshalb er mich so übereilt heiraten und meinen Familiennamen annehmen wollte. Er wollte also gar nicht dem Hof den Namen Gruber erhalten, er wollte nur nicht gefunden werden. Mit dem Hof oder gar mit mir hatte das nichts zu tun. Nach Georgs bzw. Gunters Tod suchte das Erbgericht nach möglichen Erben, fand und informierte den Bruder. So haben er und Bärbel erfahren, wohin Gunter verschwunden war und machten sich nun Hoffnung auf ein Erbe.

„Und weil du meine Frau bist, werde ich ab jetzt hier leben und den Hof übernehmen."

Erschrocken trat ich einen Schritt zurück und hielt es durchaus für möglich, dass dieser derbe Mann ein Recht dazu hat. Papiere galten in Deutschland mehr als die Aussage einer Person oder die Person selbst.

Vater räusperte sich.

Er baute sich bedrohlich vor dem Mann auf und sagte mit dröhnender Stimme: „Do kimmd oam as Saugrausn! Mein Schwiegersohn lebte und arbeitete zwanzig Jahre auf *meinem* Hof! *Mein* Hof! Hearst des? Gäbe es was zu vererben, gehört es seinen Kindern. Aber er hinterließ nur Schulden. Wollt ihr Schulden? Bitteschön! Falls nicht, schleichts eich! Oder ich ruf die Polizei."

„Polizei!", echote Detlef und noch einmal: „Polizei!", und trampelte ängstlich mit den Füßen.

„Wir gehen!", schrie der Mann und schlug Bärbel derb auf den Rücken. „Aber wir kommen wieder."

Ächzend erhob sich Bärbel und folgte keuchend ihrem Schwager nach draußen.

„Den soit ma ungspitzt in Bodn einihaun!", rief ihnen Vater hinterher.

„Euch zeig ich an!", hörte ich den Mann noch schreien.

Es war das allererste Mal in meinem Leben, dass sich Vater auf meine Seite stellte. Darüber freute ich mich sehr, obwohl mir natürlich klar war, dass es ihm nicht um mich ging, sondern um seinen Hof.

Ich lächelte ihn dankbar an, aber er brummte verärgert: „Gibt´s kein Essen?"

„Nur eine Brotzeit", antwortete ich und machte mich eilig daran, Brettchen, Messer, Brot, Butter, Obazdn, Wurst und Tomaten auf den Tisch zu stellen.

„Brot", schniefte er verächtlich und spuckte auf

den Küchenboden.

Vater mochte kein Brot und auch keine Tomaten, er mochte Eier mit Speck. Deshalb briet ich Speck in einer Pfanne an und rührte acht Eier dazu. Für die geplanten Kartoffeln mit Leberkäs und Sauerkraut war es zu spät.

Die Mittagszeit war längst vorüber. Bereits in einer Stunde würde Peter von der Schule nach Hause kommen. Auf einmal fühlte ich mich in Hochstimmung und nahm mir vor, Waffeln für Peter zu backen, weil er die so gern mochte. Dazu Erdbeerkompott aus unserem Garten. Ich freute mich, als ich mir Peters glückliches Gesicht vorstellte.

Auch ich mochte seit einiger Zeit Waffeln mit Kompott, überhaupt Süßes. Vermutlich nahm ich deshalb deutlich zu, vor allem um Bauch und Brust. Bisher war ich immer dünn gewesen. Erst seit Georgs Tod nahm ich zu. Vielleicht lag es daran, dass meine dauernde Anspannung verschwunden war oder einfach am Alter, wenn der Körper aufgeht wie ein Hefekuchen und gleichzeitig Fleisch und Haut lasch werden. Auf dem Land altert man schneller als in der Stadt, wo es nicht so viel zu tun gibt.

Peter

„Ich nehme den Jungen mit!", sagte der fremde Mann, der Georg hieß.

„Nein!", schrie ich und umklammerte Peter fest mit beiden Armen.

„Doch! Ich habe mir schon immer einen Buben gewünscht und laut Urkunde *ist er mein* Sohn."

„Nein!", schrie ich noch einmal. „Peter ist allein mein Kind. Ich habe ihn geboren. Und Georg, der eigentlich Gunter heißt, hat ihn gezeugt. Peter bleibt bei mir."

Der Mann lachte höhnisch und trat bedrohlich einen Schritt auf mich zu. Er schnappte sich Peter, als wäre er ein leichter Spielball, ging mit ihm davon und ließ mich einfach stehen. Hilflos musste ich mit ansehen, wie sich der Fremde immer weiter vom Hof entfernte. Meinen Sohn trug er wie ein Päckchen unter dem Arm.

Peter strampelte mit den Beinen und schrie aus Leibeskräften: „Mama! Mama!"

Endlich löste sich meine Starre und ich rannte dem Mann nach, der mein Kind forttrug. Doch so schnell ich auch lief, ich kam nicht vorwärts und trat nur auf der Stelle. Der Abstand zwischen mir und dem Mann mit Peter im Arm wurde immer größer, in gleichem Maß wuchs meine Verzweiflung.

„Peter!", rief ich immer wieder. „Peter!"

„Mama, ich bin hier", sagte eine leise Stimme und ich spürte eine kleine Hand auf meinem nassen Gesicht.

Peter stand vor mir, barfuß im Schlafanzug und schaute mich ängstlich an. Ich lag in meinem Bett und hatte diese grauenvolle Szene nur geträumt. Erleichtert schlang ich meine Arme um den Jungen und konnte mich lange nicht entschließen, ihn loszulassen.

Doch ich musste aufstehen, uns waschen, das Frühstück richten und Peter zum Schulbus bringen.

Obwohl Peter bei mir war und der Tag ganz normal begann, ging mir der Traum nicht mehr aus dem Kopf. Eine Trennung von meinem Herzenskind würde ich nicht verkraften. Peter war mir sehr nahe. Das lag nicht nur daran, dass er das jüngste und seit zwei Jahren das einzige Kind war, das noch bei mir lebte. Peter suchte praktisch von Geburt an ständig meine Nähe, was ich von keinem meiner anderen Kinder kannte. Immer hatte er eine Hand an meiner Schürze oder am Arm. Als er noch ganz klein war, klammerte er sich an meinen Beinen fest, so dass ich keinen Schritt ohne ihn machen konnte. Das verband uns fast mehr als die Pflege, die er wegen seiner Behinderung brauchte.

*****

Ich überlegte, ob mir der echte Georg mit seinen Papieren Ärger machen konnte. Vielleicht war der Traum eine Warnung.

Ich rief Sofie an, wusste aber nicht, wie ich ihr dieses Durcheinander vom falschen Georg erklären sollte.

„Dein Vater heißt nicht Georg, sondern Gunter." Sofie schniefte verächtlich.

„Bist fremd gegangen? Kein Wunder, dass mich mein Vater, der gar nicht mein Vater ist, nicht mochte."

„Aber Sofie! Ich hatte niemals einen anderen Mann. Dein Vater hat nur einen anderen Namen."

Sie lachte.

„Er hat den Namen seines Bruders genommen, um unterzutauchen."

„Was soll diese alberne Geschichte?", fragte sie genervt.

„Sein Bruder war hier auf dem Hof und hat mir alles erzählt. Georg, ich meine Gunter war mit einer anderen Frau verheiratet."

„Mama! Was soll der Unsinn? Was willst du mir weismachen?"

„Ich will dir nichts weismachen. Ich will dir erklären ..."

„Das geht mich nichts an. Das ist allein dein
Problem."

Bevor ich Sofie fragen konnte, ob der echte Georg mit seinen Urkunden Ansprüche an mich,
Peter und den Hof stellen durfte, hatte sie auf-
gelegt.

Ich dachte, sie würde ihren Vater noch heftiger
hassen, weil sie nun wusste, dass unsere Hei-
rat ein Betrug war. Doch sie hasste wohl eher
mich, weil ich Georgs Herkunft nicht überprüft
hatte. Aber wie hätte ich das machen sollen?
Ich war damals einfach nur froh, dass er da
war, sich für mich interessierte und vom Fleck
weg heiratete. Ich war jung und unerfahren,
kannte kein Misstrauen und kannte mich nicht
aus mit Lüge und Betrug. Ich hatte nie gelernt,
mich zu schützen, weder vor Vater noch später
vor meinem Mann. Außerdem hätte mir Georg
den Betrug niemals gestanden.

*****

Seit einer Woche hatte ich ein Handy und war
mächtig stolz darauf. Es hatte Tasten zum
Wählen der Rufnummern und passte leicht in
meine Tasche. Nun war ich überall, wo ich mich
befand, erreichbar. Mich hatte schon zwei Mal

meine Chefin angerufen, als ich gar nicht daheim, sondern in einem anderen Haushalt war.

Dass dieses neue Telefon ganz ohne Kabel funktionierte, erstaunte mich jeden Tag. Auch Peter liebte das Handy und verstand, damit umzugehen. Er konnte nicht schreiben, aber mit Zahlen und Tasten kam er gut zurecht. Auch darüber staunte ich jeden Tag.

Peter ging gern zur Schule. Erst mit acht Jahren nahm ihn die Sonderschule in Passau auf, weil ihm noch kein einziger seiner Milchzähne herausgefallen war. Den Zusammenhang zwischen Milchzähnen und Schulpflicht verstand ich zwar nicht, aber insgeheim war ich froh, dass Peter noch ein weiteres Jahr bei mir bleiben durfte. Erst jetzt mit zehn Jahren wackelte sein zweiter Milchzahn, was Peter gar nicht lustig fand. Er versuchte, den Zahn in seinem Mund festzubinden, damit er nicht wie der erste herausfällt. Das funktionierte natürlich nicht, weshalb Peter bitterlich weinte. Ich musste ihm hoch und heilig versprechen, dass ihm neue Zähne wachsen, richtig große für Erwachsene, mit denen er ganz leicht harte Möhren beißen und knabbern kann. Das beruhigte ihn schließlich.

In der Schule lernte Peter viel, durfte außerdem spielen, basteln und erhielt eine Bewegungstherapie, um sein Gleichgewicht zu trainieren, damit er das Laufen besser beherrscht und nicht mehr nur auf dem Boden herumrutscht. Seine Klasse bestand aus nur zwölf Kindern, der Unterricht war individuell auf jedes einzelne abgestimmt. Peter fühlte sich wohl in der Schule. Werken mochte er am liebsten, weil er selbst bestimmen durfte, was er bauen möchte. Meist dachte er sich Dinge für Haus und Hof aus. Zum Beispiel sägte er ein Brett aus, das eine Kuh darstellte. Er bemalte die Kuh nicht braun, sondern grasgrün mit großen schwarzen Augen und drehte Haken hinein, an denen später meine Küchenhandtücher hingen. Er baute außerdem ein ebenfalls giftgrünes Vogelhaus, das er in den Fliederbusch hing. Jeden Morgen, bevor er zur Schule fuhr, legte er Brotkrumen, Gemüseschalen und Körner hinein und hatte seine Freude daran, wenn viele Vögel die Futterstelle nutzten. Leider hielt diese Freude nicht lange, denn Vater klaubte das Häuschen aus dem Busch und warf es fort.

Peter blieb den ganzen Tag in der Schule, bekam dort sein Mittagessen und wurde 16 Uhr mit dem Bus bis direkt an den Hof gebracht. So musste ich mir keine Sorgen machen, wenn meine Arbeit in einem fremden Haushalt mal etwas länger als geplant dauerte. Ich wusste, dass Peter mit dem Hund über die Felder lief, bevor er am Abend half, die Kühe in den Stall zu treiben. Er war ein glückliches Kind, das keine Sorgen kannte und fröhlich in den Tag hinein lebte. Peters Frohsinn färbte auch auf mich ab, so dass ich mit der Zeit wieder lachen und mich besser fühlen konnte.

*****

„Mama, ich will heute nicht in die Schule."
„Selbstverständlich gehst du zur Schule!"
„Nein! Ich will nicht!", schrie er und klammerte sich an meinen Kleidern fest.
Überrascht schaute ich ihn an, denn Trotz und heftigen Widerspruch kannte ich nicht von ihm.
„Was ist los mit dir?", fragte ich streng.
„Ich habe Angst", wimmerte er.
„Aber wovor?"
Peter antwortete nicht. Ich hockte mich vor ihn, nahm seine Hände in meine und lächelte.
„Manchmal muss man Dinge tun, die man nicht tun möchte. Und du musst heute wie jeden Tag in die Schule."
Energisch schüttelte er den Kopf.
Dann fragte er leise: „Hast du mich lieb?"
„Aber ja!", rief ich aus.
„Dann musst du mich hier lassen", forderte er.
„Nein, das muss ich nicht."

Was war nur los mit Peter? Er war ein sanftes Kind und gab niemals Widerworte, sondern plapperte in seiner eigenen „Sprache" fröhlich vor sich hin, obwohl er sich inzwischen ganz normal ausdrücken konnte.

„Was soll das Theater?", fragte ich streng.

„Ich will nicht! Ich bleibe hier! Sonst passiert etwas ganz Schlimmes."

„Nichts wird passieren. Du ziehst deine Jacke über, schlüpfst in deine Schuhe und dann ab mit dir!"

Peter blieb stumm vor mir stehen und weinte leise weiter.

„Hast du Streit mit einem Freund?"

Peter schüttelte den Kopf. Trotzdem beschloss ich, am Nachmittag die Lehrerin anzurufen und sie zu fragen, ob es Ärger in der Schule gab. Kurz überlegte ich, ob ich Peter daheim lasse. Er tat mir leid, wie er so bitterlich weinte. Aber das ging natürlich nicht. Ich legte meine Hand an seine Stirn, er hatte kein Fieber. Auch seine Zunge war nicht belegt.

„Du bist nicht krank. Also gehst du zur Schule und beeilst dich, sonst verpasst du den Bus!"

Peter wehrte sich noch eine Weile, dann gab er auf und stieg in den Schulbus.

Wovor hatte mein Kind Angst? Peter ging bisher immer sehr gern zur Schule. Er liebte auch die Fahrt mit dem kleinen Bus. Nur an diesem

Tag nicht. Aber ich dachte nicht weiter darüber nach. Kinder stritten sich manchmal oder hatten einfach keine Lust. Das passiert. Ich nahm mir vor, nach der Arbeit eine große Packung Erdbeereis zu kaufen, das Peter so gern aß.

*****

Heute weiß ich, dass ich Peters Angst hätte ernst nehmen müssen und werde mir in meinem ganzen Leben nicht verzeihen, dass ich es nicht tat. Denn er hatte gespürt, dass an diesem Tag etwas Schreckliches passieren wird und er nie mehr nach Hause kommt.
Ich dagegen hatte nichts gespürt. Der Tag verlief wie immer. Ich fuhr ins Nachbardorf zu einer Familie, der ich seit zwei Wochen den Haushalt führte. In sechs Stunden schaffte ich viel, doch in diesem Fall war es kompliziert, weil sich die Hausfrau den Fußknöchel gebrochen hatte und außerdem ihre alte Mutter zu pflegen war. Der Ehemann arbeitete als Busfahrer und musste zur Frühschicht das Haus vor fünf Uhr morgens verlassen. Die Tochter lebte sechshundert Kilometer entfernt und konnte nicht helfen. Aus versicherungstechnischem Grund war es mir nicht erlaubt, am Abend noch einmal zu dieser Familie zu fahren und die beiden Frauen ins Bett zu bringen, wenn der Mann Spätschicht hatte und

erst nach 22 Uhr nach Hause kam. Das machte mir zu schaffen und ich fuhr einmal trotzdem hin. Meine Chefin erfuhr davon und drohte mit einer Abmahnung.

„Es war nur Nachbarschaftshilfe. Ich will kein Geld, ich will nur sicher sein, dass alle gut versorgt sind."

„Das lässt du bleiben! Hast du mich verstanden?"

Ich nickte, obwohl ich nicht verstand, weshalb sich die Chefin so aufregte, zumal ich die Zeit nicht bezahlt haben wollte.

Der große Gemüsegarten der Familie gehörte nicht zu meinen Aufgaben, ich musste nur am Morgen die Gänse auf die Weide lassen. Dort versorgten sie sich selbst. Es war nur schwierig, sie am Nachmittag wieder zurück in den Stall zu treiben.

Nach meiner Arbeit kaufte ich im Supermarkt Zahnpasta, Klopapier und Erdbeereis. Gemüse wuchs in meinem Garten, Eier und Fleisch lieferten unsere Tiere und Brot buk ich selbst.

Mein Handy klingelte, was mich jedes Mal stolz machte. Manchmal schaute ich mich heimlich um, ob die Leute ringsum merkten, dass ich mitten auf der Straße telefonieren konnte.

Es war Vater. Er hatte mich noch niemals zuvor angerufen, obwohl man nur die Eins auf unserem Haustelefon drücken muss, denn ich hatte meine Nummer eingespeichert, damit ich sofort erreichbar bin. Diese Kurzwahl hatte ich eigentlich für Peter und Detlef gedacht. Aber auch diese beiden hatten mich noch nie angerufen, obwohl ich schon immer wissen wollte, ob die Sache mit der Kurzwahl klappt.

„Komm sofort heim!", sagte er und legte auf.

Was sollte das? War die Mikrowelle kaputt, in der er das Mittagessen aufwärmte? Ich hatte sechs Fleischpflanzerl gebraten und Kartoffel-Möhren-Stampf zubereitet. Irgend etwas muss schief gelaufen sein, was mich ein wenig beunruhigte und gleichzeitig ärgerte. Zum Glück war ich bereits auf der Heimfahrt und nur noch einen Katzensprung vom Hof entfernt.

In der letzten Kurve überholte mich ein Krankenwagen, obwohl er auf der schmalen Dorfstraße auch nicht schneller als ich voran kam. Ich sah, dass er in die Einfahrt zu unserem Hof einbog.

Was will er bei uns? Ist Detlef etwas passiert? Hat er sich verletzt? Drei Sanitäter in roten Jacken stiegen aus und klopften an die Haustür. Ich parkte, konnte aber nicht aus dem Auto steigen, weil meine Beine schwer wie Blei waren und sich nicht bewegen ließen. Jedes Mal, wenn die Rettung oder Polizei auf unserem Hof auftauchte, war etwas Schreckliches passiert.

Polizei! Erst jetzt bemerkte ich das Polizeiauto, das ebenfalls auf dem Hof parkte.

Mir fiel Peter ein, der am Morgen zu mir sagte, dass etwas ganz Schreckliches passieren wird, wenn er in die Schule muss. Peter! Meinem kleinen Sonnenkind darf nichts passiert sein. Aber vielleicht ging es um Detlef. Sofort schämte ich mich für meine Gedanken, als wäre es weniger schlimm, wenn Detlef etwas zustieß.

Trotzdem faltete ich meine Hände und betete: „Bitte, bitte, lass meinem Jungen nichts passiert sein! Lass es ihm gut gehen!"

Mir war klar, dass meine Gebete nichts galten, weil ich nicht an Gott glaubte.

Vater kam aus der Scheune, sprach kurz mit den Sanitätern und wies mit dem Arm zu mir herüber. Ich saß noch immer wie gelähmt im Auto und wagte nicht, auszusteigen. Meine Arme und Beine fühlten sich schwer wie Blei an und gehorchten mir nicht. Aus dem Haus traten zwei Polizisten und gingen zusammen mit einem Sanitäter direkt auf mich zu, die anderen mit Vater ins Haus. Drinnen wird Detlef liegen und verletzt sein. In Gedanken sah ich meinen Bruder mit schmerzverzerrtem Gesicht auf dem Sofa liegen, Arzt und Sanitäter verbanden seine Verletzungen, die er sich wohl im Stall oder der Scheune zugezogen hatte. Ich blieb im Auto sitzen und die Polizisten davor stehen. Jetzt erkannte ich, dass die zweite Person eine Frau war und eine andere Uniform trug als der große und recht stämmige Mann.

Der öffnete die Wagentür und sagte: „Bitte, steigen Sie aus!"

Aber ich blieb sitzen. Ich wollte nicht hören, was sie mir zu sagen hatten. Nicht jetzt und auch nicht später. Sie sollten wieder abfahren, alle, die Polizisten und auch die Sanitäter.

„Steigen Sie aus!", forderte der Mann energisch Mechanisch gehorchte ich, setzte ein Bein nach dem anderen auf dem Hof ab und schob mich vom Sitz, was mir unfassbar schwer fiel.

„Mein Name ist Staller."

Der Name kam mir irgendwie bekannt vor. Aber ich wusste nicht, wo ich ihn schon einem gehört hatte. Es war auch gleichgültig.

„Das ist meine Kollegin Elvira Brandl. Sie ist Seelsorgerin."

Ich verstand überhaupt nichts.

„Was wollen Sie?", fragte ich, wusste aber nicht, ob ich wirklich gesprochen oder nur gedacht hatte.

„Bitte, kommen Sie mit ins Haus. Ihr Vater ist mit meinem Kollegen bereits drinnen."

Mir ist gleichgültig, wo mein Vater ist.

„Wir müssen mit Ihnen reden. Bitte, kommen Sie!"

Die zwei Uniformierten traten beiseite und nahmen mich in die Mitte. Wie eine Gefangene. Der Sanitäter lief hinterher. Wollte er zur Stelle sein, falls ich umkippe, wenn ich den verletzten Detlef zu Gesicht bekam?

Im Haus saßen Vater und der Polizist am Tisch. Vater schaute mich nicht an, das tat er sowieso nie. Sein Gesicht war grau, grauer als sonst und ich dachte, dass Detlef wohl schlimm zugerichtet aussieht. Der Polizist stand auf und zog einen Stuhl unter dem Tisch hervor, auf den er mit der Hand wies. Ich sollte mich dorthin setzen und tat es. Mir dröhnte auf einmal der Kopf.

Herr Staller setzte sich mir gegenüber und sah mich ernst an.

„Ihr Sohn Peter ist heute tödlich verunglückt."

Er machte eine Pause und ließ mich nicht aus den Augen. In mir rauschte es, als stünde ich mitten im Wasser und ich hörte die Stimme des Polizisten verzerrt.

„Als die Schüler nach dem Unterricht auf den Bus warteten, fiel Peter direkt vor das Rad und wurde überrollt. Obwohl nur wenige Minuten später der Rettungswagen kam, war keine Rettung möglich."

Peter starb noch auf der Straße.

Ich spürte weder Trauer noch Schmerz, ich

spürte gar nichts. Alles in mir war ausgelöscht. Trauer und Angst hemmen den Verstand, das erlebte ich bei meiner Arbeit in den Familien oft. Aber ich musste denken! Dabei konnte ich nicht denken, weil ich vor Schmerz wie gelähmt war. Ausgelöscht.

*****

Drei Tage lang schloss ich mich in meinem Zimmer ein und verließ das Bett nicht. Ich bekam keine Luft und versank in einer dunklen Nacht, die kein Ende nahm. Aber ich lag wach und sah Bilder aus meiner Vergangenheit und erinnerte mich an Dinge, an die ich nicht erinnert werden wollte. Und ich dachte an Dinge, an die ich nicht denken wollte. Aber an etwas muss man denken, weil der Kopf nie mit dem Denken aufhört. Es hört nie auf. Ich sah meine toten Kinder und sogar meine Mutter vor mir. Sie schienen mich zu rufen. Ich begriff, dass ich zu ihnen musste, in den Himmel oder wo immer sie seit vielen Jahren waren. Dort warteten sie auf mich, dort wollte auch ich sein. Der Gedanke, mich selbst zu töten, gab mir Kraft und würde mich künftig über so manche böse Nacht trösten. Ich sah mich bereits in die Donau steigen und sanft forttreiben – ein beruhigendes Bild.

Ich überlegte, was ich vor meinem Tod regeln musste. Um Vater machte ich mir keine Gedanken, eher um die Tiere, die hier auf dem Hof lebten. Und vor allem um Detlef. Ich musste einen guten Platz für ihn finden, wo es Tiere gab und er sich wohl fühlen konnte. Und einen guten Anwalt, der seine Rechte durchsetzte. Sofie! Sofie war Anwalt und längst hier im Haus. Ich hatte es nur nicht gemerkt.

„Mama! Du musst aufstehen!"

„Ich weiß."

Ich wusste so vieles und gleichzeitig gar nichts. Mein Bett konnte ich nicht verlassen, weil ich fürchtete, all meine Erinnerungen zu verlieren und nur noch zu funktionieren. Dabei funktionierte ich bereits mein ganzes Leben lang.

Erst viel später begriff ich, was Sofie alles in diesen Tagen geleistet hatte. Sie regelte alles: Sie trieb mich in die Küche, Detlef in den Stall und Vater aus dem Haus. Und sie organisierte ganz allein die Trauerfeier. Anfangs versuchte sie, mich mit einzubinden, aber ich wusste auf keine ihrer Fragen eine Antwort. Mir fiel das Reden schwer und das Denken war mir komplett unmöglich.

Ich weiß nur noch, dass mich Sofie und Detlef auf dem Weg zum nahen Friedhof stützten. An eine Rede oder andere Leute kann ich mich beim besten Willen nicht erinnern. Meine dunklen Haare färbten sich von einem Tag auf den anderen grau, obwohl ich erst vierzig Jahre alt war.

Vierzig Jahre lebte ich in diesem Haus, das sich auf einmal fremd und leer anfühlte und mir nichts bedeutete. Was also sollte ich hier? Sofie sagte, das Leben ginge weiter. Aber wie? Und wozu? Nur, weil es immer weitergeht? Selbst dann, wenn es nichts mehr gibt, wofür es sich zu leben lohnt.

Ich träumte wirre Sachen von Leuten, die ich nicht kannte und Freunden, die ich nie hatte. Beim Wachwerden brauchte ich lange, mich zu orientieren, mich in der Wirklichkeit zurechtzufinden, aufzustehen, Frühstück zu machen. Es war absurd. Es war die Hölle, weil mir genau in diesem Moment klar wurde, dass Peter tot war. Jeden Morgen neu.

Jetzt verfolgte mich wieder mein alter Traum, dass ich mit Erde im Mund erstickte. Zuletzt quälte er mich vor mehr als einem Jahr und seit Peters Tod nahezu jede Nacht.

Vater polterte jeden Morgen durchs Haus. Er verlangte sein Frühstück und trieb mich aus dem Bett. Detlef blieb leise im Hintergrund. Er tat mir leid, aber mir fehlte die Kraft, für ihn da zu sein. Ich schämte mich, weil ich nichts mehr zustande brachte. Alles fiel mir schwer. Ich funktionierte nicht mehr, obwohl ich bisher immer funktionierte. Nichts funktionierte. Meine Arme und Beine waren schwer wie Blei und ließen sich kaum bewegen. Schon gar nicht so, wie ich wollte.

Mit Sofie hatte ich über Detlef gesprochen. Sie versprach, für Detlef zu sorgen, wenn es soweit ist. Doch noch sei ich jung und gesund und mit Detlef und dem Hof hätte ich eine Aufgabe. Ich hatte meine Aufgabe, aber ich fühlte mich nicht mehr in der Lage dazu. Am liebsten hätte ich ihr gesagt, dass ich in die Donau gehen will, sobald ich Detlef versorgt weiß.

Ich hatte mich vom ersten Tag seines Lebens um Detlef gekümmert. Auch um alle meine Kinder. Nun lebte nur noch Sofie, doch die war erwachsen und konnte für sich selbst sorgen. Sie brauchte mich nicht. Deshalb war es richtig, mich auf den Weg zu meinen verstorbenen Kindern zu machen und ihnen im Himmel beizustehen. Hier hatte ich nichts mehr zu tun.

Diese Vorstellung tröstete mich und half mir, den Tag zu überstehen.

Vater

Vater hatte die Felder verpachtet, ohne mich zu zu fragen. Nur die kleine Weide hinter dem Kuhstall durften wir noch nutzen. Ich erledigte zusammen mit Detlef die ganze Arbeit im Stall, aber entscheiden durften wir nichts. Das war allein Vaters Sache. Es war *sein* Land, *sein* Hof und *seine* Tiere, obwohl ihn seit Jahren nichts davon zu kümmern schien. Das Futter für die Rinder mussten wir nun kaufen, was viel Geld kostete. Wir kamen trotzdem über die Runden. Seit wir keinen Stier mehr hatten, gab es auch keine neuen Kälber mehr. Das schien Vater nicht zu merken. Er ging schon seit Jahren nicht mehr in den Stall und sah auch nicht, dass immer weniger Tiere auf der Weide umher liefen.

Nach wie vor kam jeden Monat der Metzger auf den Hof, betäubte ein Kalb und nahm es zum Schlachten mit in seine Metzgerei. Manchmal gab ich ihm auch eine Kuh mit. Vom Erlös der verkauften Wurst bekam ich einen Anteil und zusätzlich Fleisch und Wurst. Das half entscheidend beim Wirtschaften. Ich versorgte ihn mit Eiern und selbstgebackenem Brot und hin und wieder mit Kuchen und Blumen.

Wir litten keine Not, denn ich verdiente als Dorf-helferin recht gut, zumal ich nun Vollzeit arbeitete. Ich half gern auf anderen Höfen und hörte, wodurch die Familien in Not gerieten. Dann erschien mir mein eigener Kummer nicht mehr so groß.

Das aktuelle Problem war Detlef. Er konnte nicht für sich selbst sorgen und hatte auch keinen Anspruch auf eine Behindertenrente, weil er auf unserem Hof arbeitete statt in einer speziellen Behindertenwerkstatt. Wenigstens war er über Vater krankenversichert.

Ich durfte Vaters Zimmer nicht betreten und hatte auch keine Lust dazu. Wenn er die Tür öffnete, waberte ein süßlich-strenger Geruch heraus. Er redete nicht und erwartete regelmäßig sein Essen – pünktlich immer zur gleichen Stunde. Auf die Minute genau schlurfte er in die Küche. Er konnte oder wollte die Beine nicht heben beim Gehen und wusste, dass mich das Schlurfgeräusch störte. Er räusperte sich, ließ sich auf den Stuhl am Tisch fallen und räusperte sich noch einmal. Was wohl heißen sollte, dass er da war und ich zu servieren hatte.

Er stank, als er zum Frühstück kam und ich wandte ihm den Rücken zu. Ich mochte nicht sehen, wie er das Brot in den Kaffee bröckelte und es herauslöffelte, wenn es aufgeweicht war. Er hatte keinen einzigen Zahn mehr und kaute auf dem blanken Zahnfleisch, drückte mit der Zunge die Lebensmittel gegen den Gaumen und schluckte den Brei herunter. Ich glaube, er war in seinem ganzen Leben nicht ein einziges Mal beim Zahnarzt. Vater roch übel aus dem Mund.

Sein ganzer Körper dünstete alten Schweiß aus, weil er sich wieder nicht gewaschen hatte, obwohl ich ihm frische Wäsche und ein Handtuch bereit gelegt hatte. Er rasierte sich schon lange nicht mehr. Sein Bart war kein richtiger Bart, nur weiße Stoppeln auf den Wangen und am Hals. Nach dem Frühstück verschwand er immer in der Scheune. Dort hatte er sich in eine Werkstatt eingerichtet, sägte und hämmerte irgend etwas, was niemand brauchte.

Nach dem Mittagessen legte er sich aufs Sofa und schlief. Dann er las die Bauernzeitung, die wöchentlich erschien. Geld für eine Tageszeitung gab er nicht aus, das kostenlose Regionalblatt reichte ihm, auch wenn es nicht immer bei uns eingeworfen wurde, weil sich unser Hof zu weit außerhalb befand und die Austräger nicht immer Lust auf diesen Weg hatten. Am Nachmittag lief Vater ein paar Schritte bis hinter die Scheune und saß pünktlich zum Abendessen am Tisch. Nach dem Essen setzte er sich in seinen Sessel und schaltete den Fernseher an, um die Nachrichten zu sehen. Anschließend ging er ins Bett.

Dann setzte auch ich mich in die Stube, aber niemals auf *seinen* Sessel. Ich hatte eine alte Decke darüber gelegt, weil der Stoff abgeniffelt war. Aber Vater erlaubte nicht, den alten Sessel zu entsorgen.

*****

Eines Abends blieb er in der Küche sitzen, ging nicht wie sonst ins Wohnzimmer und auch nicht ins Bett.

„Was ist, Vater? Geht es dir nicht gut?"

Wie üblich erhielt ich keine Antwort.

„Soll ich dir einen Tee aufbrühen?"

Auch darauf antwortete er nicht. Trotzdem goss ich Wasser in eine Tasse und gab einen Beutel Kräutertee dazu. Dann ging ich ins Bett. Doch ich fand lange keine Ruhe und lauschte auf die Geräusche im Haus. Die Balken knarrten, als ginge jemand umher. Doch das täuschte, es war das alte Holz, das von ganz allein knarrte und ächzte. Über das offene Fenster hörte ich die Geräusche aus dem Kuhstall. Das zufriedene Muhen, Schnaufen und Rascheln beruhigte mich und ich schlief ein.

Am nächsten Morgen saß Vater noch immer am

Küchentisch. Er hatte seinen Kopf auf die Arme gelegt und war wohl eingeschlafen.

„Warst du gar nicht im Bett, Vater?"

Wie immer antwortete er nicht. Ich öffnete das Fenster, weil mich seine Ausdünstungen störten und richtete das Frühstück. Vater schlief immer noch. Ich stieß leicht gegen seine Schulter, aber er bewegte sich nicht.

„Nimm deine Arme vom Tisch! Ich brauche Platz für deinen Kaffee und das Frühstück."

Als er sich noch immer nicht rührte, rüttelte ich etwas kräftiger an seiner Schulter. Da kippte er zur Seite und lag auf dem Boden. Auch das machte ihn nicht wach.

„Vater!"

Ich kauerte mich neben ihn und legte meine Hand auf seine Brust. Die bewegte sich nicht. Ich legte mein Ohr über seinen offenen Mund, spürte aber keine Atemgeräusche. Auch seinen Puls fühlte ich nicht. Da begriff ich: Vater war tot. Tot! In mir regte sich nichts. Kein Schmerz und auch keine Erleichterung.

Ich rief den Notarzt und säuberte den Stuhl. Zusammen mit Detlef trugen wir unseren Vater hinüber in die Stube. Wir legten ihn auf den Boden und zogen ihn aus. Seine Hose war voller Exkremente. Ich war es gewohnt, Kranke zu säubern, aber keinen Toten und schon gar nicht meinen Vater. Den hatte ich in meinem ganzen

Leben nicht ein einziges Mal angefasst. Auch jetzt verspürte ich kein Verlangen, ihn gründlich zu reinigen. Nur das Grobe putzte ich ab und zog ihm mit Detlefs Hilfe eine frische Arbeitshose über. Dann legten wir ihn aufs Sofa und warteten auf den Notarzt.

Der Bestatter war eher da als der Arzt.

„Endlich mal ein Alter", stellte er lakonisch fest. „Ich dachte schon, auf dem Gruberhof sterben nur junge Leute."

Ich sagte nichts dazu, denn es gab nichts zu sagen. Außerdem hatte er Recht. Zuerst starb Mutter. Sie war noch keine dreißig Jahre alt. Dann der kleine Ludwig, drei Jahre später tötete sich Max mit gerade mal sechzehn Jahren. Zwei Jahre später verunglückte Ferdl und ein Jahr später zertrampelte der Stier Georg. Und dann wurde Peter vom Bus überfahren.

„Jetzt bist allein. Gib den Bleedn ins Heim, verkauf den Hof und mach dir noch ein paar schöne Jahre!"

„Ich bin nicht allein!", entgegnete ich aufgebracht. „Mein Bruder ist da."

„Eben. Hast nur den Deppn und musst für ihn sorgen. Könntest ein leichteres Leben haben."

Leichteres Leben. Trauer und Schmerz gehören zum Leben, das nicht banal, oberflächlich und seicht, sondern tief ist. Wer getrauert hat, fühlt intensiver als Leute mit einem leichteren Leben, die diese Erfahrung nicht machten. Ich war nicht stolz darauf, intensiver zu fühlen, weil ich den Grund kannte. Es waren die vielen Toten in meiner Familie.

*****

Ich ließ Vater verbrennen und suchte eine dunkelbraune, schmucklose Urne aus. Zuerst wollte ich ganz auf Blumen verzichten, weil Vater keine Blumen mochte. Doch schließlich wählte ich drei dunkelrote Stockrosen aus dem Garten und ließ auf die Schleife unsere drei Namen schreiben: *Henriette, Detlef, Sofie.* Und: *Zum Abschied.*
Die Bauern hatten Blumen gebracht und Geld gesammelt. Ich war ihnen dankbar.
Sofie kam nur zur Trauerfeier und wollte nicht einmal im Haus übernachten.

Während ich sie nach Passau zum Bahnhof fuhr, sagte sie:
„Weißt du, worüber ich meine Abschlussarbeit schreiben wollte?"
Interessiert schaute ich sie an und verneinte.
„Über Opa."
Was gab es über meinen Vater zu berichten?
Er hockte auf seiner Bank unter der Linde, wer-

kelte in der Scheune oder saß vor dem Fernseher. Er war störrisch und schmutzig, aber nichts davon taugte für eine juristische Abschlussarbeit. Vielleicht ging es um den Hof, um Besitz und Erbfolge.

„Was meinst du, warum ich ihm aus dem Weg ging und warum ich unbedingt von hier weg wollte?"

„Weil er garstig war und keine Mädchen und Frauen mochte."

Sofie verzog den Mund.

„Aber mich wollte er immer streicheln."

Streicheln? Das hielt ich für einen Scherz und lächelte, weil ich mir meinen Vater beim besten Willen nicht freundlich oder gar zärtlich vorstellen konnte.

„Du lachst?!" Sofie schüttelte verärgert den Kopf. „Deshalb konnte ich es dir nie erzählen."

„Was? Was konntest du mir nie sagen?"

„Dass Opa mich gestreichelt hat."

Ich atmete durch die Zähne aus, was ein wenig zischte.

„Zumindest anfangs. Später hat er mir die Hose ausgezogen."

„Die Hose? Warum denn?"

„Den Schlüpfer! Kapierst du das nicht?"

Endlich verstand ich, wovon Sofie sprach: Mein Vater hatte sich an ihr vergriffen! An seiner Enkelin!

215

„Er hat *was*?", schrie ich aufgebracht. „Warum hast du nichts gesagt?"

„Warum? Darum! Er sagte, du wärst böse und er muss mich vor dir schützen."

„Aber du musst doch gemerkt haben, dass ich dich liebe und immer und überall und vor jedem geschützt hätte."

„Ja? Auch vor Vaters Schlägen?"

Sie lächelte schief und schaute demonstrativ aus dem Fenster. Sie hatte Recht. Ich habe sie nie beschützt. Sie wusste, dass ich nicht einmal in der Lage war, mich selbst zu schützen. Aber sie hatte meinem Vater, der schlecht über mich sprach, mehr geglaubt als mir.

„Mama, ich war erst vier. Opa drohte, dass er uns alle tötet, wenn ich irgend jemandem etwas erzähle. Du hast nichts gemerkt und ich hatte nur Benni. Einen *Hund*. Stell dir vor, ich hatte nur den Hund. Der hat Opa nicht in meine Nähe gelassen, weshalb ihn der Alte immer verprügelte. Und später hatte ich Max."

Sofie weinte. Ich hätte sie gern in die Arme genommen, aber ich wusste nicht, ob sie das zulässt. Außerdem musste ich mich aufs Fahren konzentrieren. Ich klopfte nur leicht mit meiner Hand auf ihren linken Arm. Doch sie zog ihn zurück.

Dann straffte sie ihre Schultern und sagte mit fester Stimme: „Kinder können Opfer sein, aber

216

ich bin kein Kind mehr. Mein Leben, obwohl es hier auf dem Hof kein wirkliches Leben war, hatte doch etwas Gutes, denn es hat mir meine Aufgabe gezeigt. Ich werde Anwalt der Opfer sein. Ein guter Anwalt."

„Du bist sehr klug."

Sofie lachte spöttisch.

„Klugheit allein nützt nichts. Nur wenn man brutal und rücksichtslos ist, kommt man zu seinem Recht."

„Was redest du da?", empörte ich mich.

„Am Ende siegt immer die Gewalt. Eine Frau ist körperlich so gebaut, dass sie sich nicht vor der Gewalt eines Mannes verschließen kann. Einen Mann hingegen kann man nicht zwingen. Das ist biologisch bedingt und schwächt die Frau von vornherein."

In diesem Moment hatten wir den Bahnhof erreicht. Sofie stieg aus, sagte *Pfiaddi,* winkte mir kurz zu und verschwand im Gebäude. Ich saß wie versteinert noch eine Weile im Auto. Mir zitterten die Beine und ich wusste nicht, wie ich mit der Ungeheuerlichkeit umgehen sollte, von denen mir Sofie erzählt hatte. Hasste sie deshalb Männer und lebte lieber mit einer Frau zusammen? Auch ich hasste meinen Vater, war aber trotzdem freundlich zu ihm. Sofie verstand das nicht. Ich verstand es selbst nicht. Ruhige Freundlichkeit war einfach meine Art, mit meinem Umfeld umzugehen. Schlechte Laune machte das Schlechte nicht besser, eher noch schlechter. Deshalb forderte ich keine Freundlichkeit zurück.

*****

Eine Woche nach Vaters Tod erhielt ich einen Brief von der Bank. Darin wurde ich zur Zahlung von 20.614,87 Euro aufgefordert, da mein Kredit mit sofortiger Wirkung gekündigt sei.
Ich hatte keinen Kredit und hielt das Schreiben für eine Verwechslung. Doch es stellte sich heraus, dass Georg diesen Kredit abgeschlossen hatte und den Hof als Sicherheit eintragen ließ. Davon wusste ich nichts. Nun war Vater gestorben und hinterließ mir nicht nur den heruntergewirtschafteten Hof, sondern auch noch Schulden.
Sofie riet mir, den Hof zu verkaufen, mit dem Erlös die Schulden zu bezahlen und mir eine lebenswerte Existenz in Passau aufzubauen. Im Alter wäre ein Leben auf dem Dorf sowieso nicht auszuhalten.
Ich war nicht alt, erst einundvierzig geworden. In diesem Alter bekamen heutzutage die Frauen ihr erstes Kind und waren gerade mit ihrem Studium oder einer zweiten Ausbildung fertig. Außerdem konnte ich mir nicht vorstellen, dass

sich jemand für den alten Hof interessiert. Und was sollte aus Detlef werden? Darauf wusste meine kluge Sofie auch keine Antwort.

Seit einem Jahr versuchte ich, für Detlef einen guten Heimplatz zu finden. Leider wollte das Sozialamt die Kosten nicht übernehmen, weil Detlef auf dem Hof gut aufgehoben sei. Das stimmte, doch ich wollte nicht mehr leben. Ich wollte zu meinen Kindern hinüber in die andere Welt. Dabei Detlef einfach unversorgt zurückzulassen, brachte ich nicht übers Herz.

Detlef

Die Menschen sind seltsam, weil niemand Detlef ernst nahm. Er war zwar ein wenig anders als die meisten, doch er war immer freundlich. Auf ihn konnte ich mich verlassen. Er tat seine Arbeit und er tat sie gern. Ich hatte ihn vom ersten Tag seines Lebens an lieb und fühlte mich für ihn verantwortlich, weil unsere Mutter bei seiner Geburt starb. Detlef war ein ausgesprochen schönes Baby, ich küsste und herzte ihn bei jeder Gelegenheit. Das verlor sich erst, als ich ihn aus dem Heim zurück nach Hause holen konnte. Da zuckte er bei jeder Berührung zusammen. Ich weiß nicht, ob er nur keine Berührungen gewohnt war oder sie nicht mochte. Vielleicht hatte man ihn im Heim gestraft oder gar geschlagen. Ich weiß es nicht, weil er nie über diese Zeit sprach. Überhaupt sprach er wenig, weil ihm das Sprechen und das Suchen nach dem richtigen Wort schwer fiel. Für die Kühe hatte er ein eigenes Kauderwelsch, das sie offenbar verstanden. Vermutlich mochten sie seine ruhige und geduldige Art. Gern hätte ich gewusst, was in seinem Kopf vor sich ging. Doch das konnte er mir nicht vermitteln. Ich sah nur, dass er die Tiere und seine Arbeit sehr mochte. Mich mochte er offenbar auch.

Seit Georg und Vater nicht mehr lebten, wagte sich Detlef sogar ins Dorf, das er früher mied. Vater hatte ihm verboten, sich vom Hof zu entfernen, niemand sollte seinen Sohn sehen, den Deppen. Doch jetzt spazierte Detlef fast täglich ins Dorf und winkte den Leuten, denen er begegnete, zu. Manche winkten zurück, andere lachten ihn aus.

*****

Eines Tages stand eine fremde Frau vor meiner Tür. Sie reichte mir die Hand zu Begrüßung.

„Mayr, Mayer mit y, aber ohne e. Sie sind Frau Gruber?"

Ich nickte. Wer sollte ich sonst sein? Hier auf

dem Hof gab es nur mich und Detlef. Was wollte diese Frau von mir? Sie sah hübsch und gepflegt aus, ein wenig zu aufgebrezelt für einen Besuch auf einem Bauernhof, weshalb ich sie misstrauisch musterte.

„Schickt Sie die Bank?"

„Ja und nein."

Was war das für eine seltsame Antwort?

„Das heißt?"

„Wollen wir nicht ins Haus gehen und dort in Ruhe sprechen?"

Ich wüsste nicht, worüber. Sie ergriff meinen Arm, als wären wir Freundinnen und zeigte auf die offene Eingangstür. Mir war die Frau nicht geheuer, direkt unangenehm, obwohl sie ruhig und freundlich blieb, direkt überfreundlich.

„Wer sind Sie?"

„Ich bin Sozialarbeiterin."

Sie lächelte mich zufrieden an, als sei damit alles gesagt. Dabei sah sie gar nicht aus wie eine typische Sozialarbeitern, die meist salopp gekleidet daherkamen und sich nichts aus gesellschaftlichen Normen machen.

Frau Mayr sah sich um, nicht so, wie man ein Haus mustert, sondern so, als ob sie etwas suchte.

„Ist Detlef gar nicht da?"

Sie nannte ihn beim Vornamen, als ob sie ihn schon länger kennt. Vielleicht war er im Stall, vielleicht im Dorf, aber das werde ich der Frau nicht auf die Nase binden.

„Was wollen Sie von meinem Bruder?"

Noch einmal sah sie sich suchend um und hoffte wohl, dass sie ihn entdeckt. Doch warum wollte sie mit Detlef sprechen?

„Von ihm will ich nichts, obwohl es ihn betrifft."

„Können Sie sich nicht klarer ausdrücken?"

„Gern, aber dazu sollten wir wirklich ins Haus gehen."

Das passte mir gar nicht, denn wenn sie erst im Haus war, konnte ich sie nur schwer wieder los werden. Draußen war das einfacher. Da konnte ich mich einfach verabschieden, hineingehen und die Tür hinter mir schließen.

„Was haben Sie mit der Bank zu tun?"

„Wir haben ein gemeinsames Projekt, die Bank und ich. Auch der Bürgermeister ist beteiligt."

„Und dieses Projekt hat mit meinem Bruder zu tun?"

„Gewiss."

Wenn ich dieser Dame jeden Popel einzeln aus der Nase ziehen muss, verliere ich die Geduld.

„Kommen Sie zur Sache! Ich habe wenig Zeit."

Frau Mayr legte ihre große Handtasche von der rechten auf die linke Schulter und schaute sich noch einmal in aller Ruhe um.

„Ihr Haus ist groß, eigentlich viel zu groß für nur zwei Menschen, für Detlef und Sie."

Das stimmte zwar, doch das ging sie nichts an.

„Man könnte viel mehr daraus machen."

Wenn sie sich nicht als Sozialarbeiter vorge-stellt hätte, würde ich jetzt an einen Architekten oder Anwalt denken.

„Das könnte man", stimmte ich zu. „Aber das will ich nicht."

„Sie werden Ihre Meinung ganz schnell ändern, wenn Sie hören, was ich zu sagen habe."

„Werde ich?"

Irgendwie war die Frau unverschämt. Sie trat so selbstbewusst auf, als wäre sie hier zu Hau-se. Dabei ist es mein Haus und mein Hof.

„Sagen Sie, was Sie zu sagen haben! Fassen Sie sich kurz, weil ich nun wirklich keine Zeit mehr habe."

„Ihre große Küche ist ganz wundervoll, auch die gute Stube mit dem Kamin."

„Woher kennen Sie meine Küche?"

„Detlef hat uns herumgeführt."

„Detlef? Wen hat er herumgeführt?"

„Mich, den Architekten, den Mitarbeiter von der Bank und den Bürgermeister."

„Was hatten Sie hier zu suchen?"

„Es geht um das Projekt, von dem ich vorhin sprach." Sie seufzte, als wäre ich schwer von Begriff. „Wir werden in die Waschküche vier Duschkabinen einbauen und aus der Scheune einen wunderbar großen Gemeinschaftsraum zum Essen und Basteln zaubern. Die Scheune sieht zwar heruntergekommen aus, aber zum Glück nur innen. Das Dach ist dicht und in Ordnung."

Kurz vor seinem Unfall hatte Georg das Dach erneuert, weil in der Scheune seine wertvollen Gerätschaften und das Auto standen. Für den Zustand des Hauses hatte er wenig Interesse. Das betrat er nur zum Essen und Schlafen.

„Die zwölf Schlafräume im oberen Stockwerk sind zwar klein, aber ausreichend für jeweils Bett, Schrank und Basteltisch. Alle Räume erhalten energieeffiziente Kunststofffenster nach dem aktuellen Standard."

Fenster. Natürlich, denn sämtliche Fenster der Kammern waren undicht. Wenn im Winter der Wind aus Osten blies, wehte er den Schnee durch die Ritzen, der unten auf den Dielen oft lange liegen blieb, weil sich bei Frost oben die Kälte in den ungeheizten Räumen hielt. Meist hängte ich Decken vor die Fenster. Für Peter hatte ich manchmal eine Gummiflasche mit heißem Wasser gefüllt und sein Bett vorgewärmt, damit er nicht allzu sehr friert.

Fassungslos hörte ich der Frau zu und wusste nicht, was ich von diesem Vortrag halten sollte. Mir hatte es direkt die Sprache verschlagen, während Frau Mayr ohne Punkt und Komma plapperte, ihre Arme ausbreitete, mit festem

Schritt über den Hof und ohne Zögern durch die offene Tür ins Haus lief. In der Küche blieb sie stehen und wies mit der Hand auf den Herd.

„Der müsste weg, aber mit einer modernen Einrichtung wäre es die perfekte Küche."

„Hören Sie ..."

„Ich bin noch nicht fertig. Auch der Kamin ist zu gefährlich." Frau Mayr stand in der Stube. „Die Fenster sind in Ordnung, nur die Möbel müssen raus. ..."

„Schluss!", unterbrach ich sie wütend. „Nichts muss raus! Es sind *meine* Möbel."

Gelassen antwortete sie: „Keine Sorge, wir richten alles neu und modern ein."

Fassungslos schnappte ich nach Luft.

„Raus aus meinem Haus! Sie verlassen sofort meinen Hof!"

Frau Mayr sah mich lächelnd an.

„Nun, der Hof gehört Ihnen nur zur Hälfte. Die andere Hälfte gehört Detlef, der von einem gerichtlich bestimmten Betreuer vertreten wird."

Mir war, als verlöre ich jeden Moment die Kraft über meine Beine, weshalb ich an einer Stuhllehne Halt suchte. Detlef hatte einen Betreuer, der hier auf dem Hof mitbestimmte?

„Ich weiß von keinem Betreuer. Bis jetzt betreute allein ich meinen Bruder und werde es auch weiterhin tun."

„Sie irren sich." Frau Mayr lächelte spöttisch,

setzte sich ungefragt auf einen Stuhl und stellte ihre Tasche auf dem Boden ab. „Nun, das ist ganz einfach. Die Bank will ihr Geld und zwar nicht erst morgen, sondern sofort."

Spricht sie von dem Kredit, von dem ich nichts wusste und den die Bank kündigte?

„Was wissen Sie von meiner Bank?"

Meine Hände fingen an zu zittern. Ich vergrub sie schnell in meiner Schürze und hoffte, dass diese Frau meine Angst nicht bemerkte.

„Ich sagte Ihnen, dass wir zusammen mit der Bank und dem Sozialamt ein Projekt erstellen."

„Was für ein Projekt?", fragte ich und merkte, wie meine Stimme zitterte.

„Wir machen aus dem Hof eine Bleibe für zehn Behinderte und einen dauerhaft hier lebenden Betreuer. Dabei haben wir an Sie gedacht." Sie tippte mit ihrem Finger gegen meine Schulter und strahlte mich an, als würde sie mir gerade einen Lottogewinn übermitteln. „Sie dürfen hier wohnen bleiben und würden alle hier Lebenden betreuen, ihnen Arbeiten zuweisen, mit ihnen kochen und mit ihnen leben, auch mit Ihrem Bruder. Detlef ist ganz begeistert davon." Sie klatschte wie ein kleines Kind in die Hände. „Er freut sich tierisch darauf, hier mit vielen anderen Menschen zu wohnen und nicht mehr einsam in dieser Einöde hausen zu müssen."

„Detlef freut sich? Sie haben mit Detlef gesprochen?"

„Aber ja! Wo ist er überhaupt?"

Frau Mayr lächelte mich an. Sie lächelte, während ich nicht wusste, ob ich sie wütend anschreien oder still weinen sollte.

„Der Bürgermeister hat bereits zugestimmt. Nur Ihr Nachbar hat noch Bedenken." Sie flüsterte: „Er hat was gegen Behinderte. Doch mit seiner Eingabe kommt er nicht durch. Das ist alles bereits geklärt."

Offenbar wusste das halbe Dorf Bescheid, nur ich nicht.

„Mit wem haben Sie *was* geklärt? Mit mir jedenfalls nicht."

„Deshalb bin ich ja hier und erkläre Ihnen alles. Auf jeden Fall werden Sie begeistert sein!", jubelte die Frau. „Alles wird modernisiert. Sie dürfen hier arbeiten, zumal sie entsprechend ausgebildet sind und natürlich weiter hier wohnen."

„Darf ich das?", erkundigte ich mich wütend.

„Und jetzt gehen Sie! Und zwar sofort!"

„Eins noch: Der Hof samt Nebengelass, Weide und Stall wurde auf 100.000 Euro geschätzt. Die Bank … Sie wissen, dass sie mit einer beträchtlichen Summe im Grundbuch steht? Also die Bank wäre mit 70.000 Euro einverstanden, eine Hälfte für Ihren Bruder, die der Betreuer verwaltet bzw. in den Umbau investiert, Sie bekämen die andere Hälfte abzüglich der 21.000

Euro, die Sie der Bank schulden."

„Gehen Sie!"

„Die Unterlagen für den Umbau werden Ihnen zeitnah zugestellt, falls Sie das wünschen."

*****

War diese abscheuliche Person endlich verschwunden? Oder schlich sie noch auf dem Hof herum? Ich saß noch lange am Küchentisch und dachte über das Gespräch nach. Ich war nie mutig und konnte auch nicht gut mit Worten umgehen, aufbrausend war ich schon gar nicht. Meine Reaktion auf Frau Mayrs Mitteilung war reiner Impuls und ich wusste, dass ich ganz schnell wieder schwach werden und nachgeben würde.

Es kam mir wie ein Albtraum vor, dass fremde Leute beschließen durften, was aus meinem Hof und aus Detlef wird. Ich hätte sofort die Bank anrufen müssen, aber dazu fehlte mir der Mut. Eine Bestätigung, dass dieses Projekt tatsächlich der Wahrheit entsprach, hätte ich nicht verkraftet.

Sofie

Stattdessen rief ich Sofie an und erzählte ihr von Frau Mayr und dem Projekt.

„Du kennst dich mit Rechtsdingen aus und hilfst mir, nicht wahr?", bat ich.

„Wobei?"

Sofie fragte allen Ernstes, *wobei* sie mir helfen soll, obwohl ich ihr gerade lang und breit und voller Entsetzen erklärt hatte, dass fremde Leute aus meinem Hof eine Bleibe für Behinderte machen wollen. Ich war den Tränen nahe und fühlte mich nicht imstande, diese Ungeheuerlichkeit noch einmal zu wiederholen.

„Aber Mama! Ich verstehe dein Problem nicht, weil es kein Problem ist, sondern ein wahrer Glücksfall. Du wärst endlich den alten Kasten und die Viecher los und bekommst noch 15.000 Euro dazu, ein wunderbares Polster für den Notfall."

Leise sagte ich, dass ich es nicht als Glücksfall empfinde, in einer Kammer untergebracht zu sein.

„Das bist du jetzt auch. Der Putz bröckelt von den Wänden und du schläfst bestimmt noch in dem schrecklich alten Bett deiner Mutter. Der Schrank fällt auch bald zusammen."

„Mir geht es nicht um die Möbel."

„Sondern? Worum genau geht es dir?"

„Verstehst du nicht, dass ich rund um die Uhr für neun oder zehn Menschen verantwortlich sein soll, die sich wie Detlef nicht selbst versorgen können?"

„Ach was! Detlef ist harmlos."

Das stimmte. Ich kannte Detlef vom ersten Tag seines Lebens an. Aber die anderen Leute, um die ich mich kümmern sollte, kannte ich nicht.

„Ich glaube nicht, dass ich das will. Ich will nicht einmal darüber nachdenken."

„Auch gut", stimmte Sofie zu. „Dann pack deine Sachen, steck die Kohle ein und such dir in der Stadt eine moderne kleine Wohnung, in der du endlich bequem leben kannst. Dann bist du nur noch für dich verantwortlich."

Sofie fand den Hof scheußlich und ich fand Stuttgart scheußlich, obwohl ich noch nie dort war. Ich konnte mir nie vorstellen, warum jemand freiwillig in einer Stadt lebt. Alles ist eng, laut, voller Beton und großer Häuser und vor allem unglaublich vielen Menschen. Ich würde ersticken zwischen all den vielen Gerüchen, dem Gestank nach Abgasen und dem Schmutz überall. Auch auf dem Land gab es Schmutz, aber das ist kein Dreck wie in der Stadt, sondern Natur. Erde. Felder. Tiere.

„Und Detlef?", fragte ich. „Was wird aus ihm?"

„Der ist gut versorgt, lebt weiter auf dem Hof und wird zufrieden sein. Du bist nicht für ihn verantwortlich."

„Das bin ich sehr wohl."

„Bist du nicht. Das regelt der Betreuer."

„Das will ich aber nicht. Du weißt, wie man das rückgängig macht, dagegen klagt oder so."

„Warum sollte ich das tun? Das wäre ziemlich dumm. Du könntest endlich ein ruhiges Leben führen. Sei klug, Mama!"

„Ich will kein ruhiges Leben. Ich will Gerechtigkeit. Die Schulden gehören allein mir, aber die Hälfte vom Verkauf Detlef, womit der Betreuer machen kann, was er will."

„Kann er nicht. Er muss Rechenschaft darüber ablegen, wie viel er vom Erbe in den Hof investiert und wie viel er für seine Arbeit nimmt."

Ich begriff, dass Sofie mir nicht helfen will. Sie fand, ich sollte froh sein, dass mir überhaupt jemand Geld für den alten Hof anbot. Ich müsste nicht mehr als Dorfhelferin arbeiten, obwohl mir diese Tätigkeit gefiel, und könnte einen geregelten und gut bezahlten Job in einem Pflegeheim haben oder auf dem Hof bleiben, wenn ich das wollte. Doch dann wäre ich dumm.

„Mama, du könntest verreisen."

Ich war in meinem ganzen Leben noch nie verreist. Dazu war nie Gelegenheit, weil wir immer Tiere versorgen mussten. Außerdem hatte ich nie den Wunsch zu verreisen. Ich konnte mir nicht vorstellen, tatenlos irgendwo in der Fremde herumzusitzen, während daheim die Arbeit liegen blieb. Ich ging nicht einmal spazieren, weder allein noch früher mit den Kindern. Das ist etwas für Städter, die die ganze Woche über im Mief der Autoabgase fast ersticken und über Beton und Pflastersteine laufen. Sie brauchen am Sonntag frische Luft und weichen Boden.

Nun sah die Situation anders aus. Jetzt hätte ich Zeit für das Nichtstun und könnte die Arbeit den vielen Leute überlassen, die bald auf dem Hof leben. Sie würden sich um die Tiere kümmern. Oder wollten sie gar keine Tiere? Darüber hatte Frau Mayr nicht gesprochen.

„Was willst du eigentlich? Sicherheit oder endlich ein freies Leben?"

„Was verstehst du unter Freiheit?", fragte ich irritiert.

„Dass du tun kannst, wozu du Lust hast. Oder willst du weiter der Sklave von Detlef und dem scheußlichen Hof sein."

„Ich bin kein Sklave", protestierte ich leise. „Ich mache das gern."

„Ach, mach doch, was du willst!", blaffte Sofie und legte auf.

Vielleicht hatte Sofie Recht und dieses Projekt schickte mir der Himmel, damit ich unbesorgt zu meinen verstorbenen Kindern gehen konnte. Um Detlef musste ich mir keine Sorgen mehr machen. Am Ende würde er mich nicht einmal vermissen. Mich hielt sowieso nichts mehr auf dieser Welt. Alles wäre anders, wenn Sofie Kinder und ich somit Enkel hätte. Dann fiele es mir leicht, den Hof zu verkaufen, zu Sofie zu ziehen und mich um die Enkel zu kümmern. Aber Sofie würde das nicht wollen. Außerdem hatte sie keine Kinder und würde vielleicht niemals welche haben, weil sie lieber mit einer Frau lebt als ganz normal mit einem Mann.

*****

Ich öffnete das Küchenfenster und sah Frau Mayr mit zwei anderen Frauen über den Hof schlendern. Alle drei hielten sich an den Händen, als wären sie kleine Kinder. Was wollten sie hier? Eine der Frauen rannte plötzlich zur Linde, kauerte sich darunter und pinkelte. Fassungslos schaute ich zu.
Die andere Frau hüpfte mit beiden Beinen umher und schrie: „Hopp! Hopp!" Sie stellte sich neben mein Auto und pochte gegen die Scheiben. „Hallo!", rief sie hinein. Dann drehte sie sich zu Frau Mayr um und sagte: „Da is koana."
Frau Mayr lachte.
Ich beugte mich aus dem Fenster und fragte

laut: „Was machen Sie da?"

„Wir schauen uns um. Vroni und Liesl sollen das Haus sehen."

Wieso sollten sie das Haus sehen? Mir fiel das Projekt ein, dem ich bis jetzt mit keiner Silbe zugestimmt hatte.

„Ich möchte das nicht. Bitte gehen Sie!"

„Einen Moment noch."

Frau Mayr winkte mir fröhlich zu. Fast hätte ich automatisch zurück gewunken, was mich ärgerte. Zwar wollte ich keinen Streit, aber ich wollte mich auch nicht ungefragt überrennen lassen, zumal ich selbst noch nicht wusste, was ich wollte. Auf keinen Fall wollte ich, dass sich die drei Frauen benahmen, als wären sie hier auf meinem Hof daheim.

Ich zog mir eine Jacke über und ging hinaus. Eine der Frauen lief auf mich zu, tippte mit dem Finger an meine Schulter und fragte: „Host a Zigretten für mi, Oida?"

„Nein, ich rauche nicht."

„Warum?"

Was sollte ich darauf antworten?

„Bist saubleed!", sie tippte mir noch einmal an meine Schulter und wandte sich ab.

„I bin´s, die Vroni", sagte die andere. „Und du? Wer bist?"

„Die Hausherrin bin ich und will nicht, dass hier Fremde herumsteigen."

Die drei Frauen lachten so laut, dass ich mir am liebsten die Ohren zugehalten hätte.

Barsch wandte mich an Frau Mayr: „Man spaziert nicht einfach auf einen fremden Hof. Das gehört sich nicht."

„So fremd ist mir der Hof gar nicht, ich kenne jedes kleine Detail", antwortete sie frech.

Sie kannte sich hier aus. Das wurde mir im gleichen Moment bewusst. Sie hatte sich hier umgesehen, Zeichnungen anfertigen lassen, Pläne für mein Haus und Hof geschmiedet und tat so, als wäre dies selbstverständlich und ihr gutes Recht. Ich fand das furchtbar dreist, wusste aber nicht, wie ich die Eindringlinge vertreiben konnte.

In diesem Moment lief Detlef auf die Frauen zu.

„Vroni!", jubelte er und umarmte sie heftig.

Sie küssten sich sogar und kicherten albern. Nun stürmte auch Benni aus der Scheune und begrüßte schwanzwedelnd alle drei Frauen. Zum ersten Mal ärgerte ich mich, dass wir solch einen freundlichen Hund hatten. Er freute sich über jeden Besuch und ließ jeden auf den Hof. Ich hätte ihn zu einem Wachhund erziehen müssen, einen, der Fremde verjagt und sie beißt, wenn sie nicht sofort verschwinden. Aber dazu war es zu spät.

Nicht nur der Hund, auch Detlef freute sich sichtlich über die drei Frauen. Ich sah keine

Möglichkeit, sie vom Hof zu vertreiben und hoffte, sie wenigstens vom Haus fernzuhalten. Ich eilte ins Haus und sperrte von innen zu. Das war lächerlich, aber anders wusste ich mir nicht zu helfen.

*****

Am nächsten Tag stand die Polizei vor meiner Tür, ein Mann und eine Frau mit sehr ernsten Gesichtern.

„Frau Gruber?"

Ich nickte. Mein erster Gedanke war, dass die Bank mich abholen ließ, weil ich die 20.000 Euro noch immer nicht gezahlt hatte. Musste ich jetzt ins Gefängnis? Aber was wird aus Detlef und den Tieren? Es gab noch drei Färsen, zwei Kälbchen und eine Kuh im Stall. Außerdem acht Hühner, zwei Katzen und den Hund. Benni schnüffelte kurz an den Stiefeln der Polizisten und trottete dann zurück in den Stall.

„Dürfen wir eintreten?", fragte der Mann und hielt mir einen Ausweis vor die Nase. „Staller, das ist meine Kollegin Beatrice Schmidt."

Staller. Den Namen kannte ich, aber an das Gesicht konnte ich mich nicht erinnern.

„Bin ich verhaftet?", fragte ich leise.

Die beiden Polizisten schüttelten stumm und ernst den Kopf.

„Wir müssen mit Ihnen sprechen", sagte der Mann. „Sind weitere Angehörige im Haus?"

Nur Detlef. Weiter lebt hier niemand. Mir fiel es wie Schuppen von den Augen: Frau Mayr und ihr Projekt! Sie hatte sich ebenfalls nach Detlef erkundigt und dann stellte sich heraus, dass sie sich längst mit Detlef geeinigt hatte, obwohl ich sicher war, dass mein Bruder die Tragweite des Projekts gar nicht verstand. Diese Frau war der wahre Teufel und jagte mir Angst ein. Ihr traute ich zu, dass sie mir die Polizei ins Haus geschickt hat.

„Mein Bruder. Der ist vermutlich im Stall. Soll ich ihn holen?"

„Später", sagte Frau Schmidt.

Ich bat die zwei Polizisten in die Küche und wies mit der Hand auf die Stühle.

„Bitte!"

Die Frau betrachtete ihre Hände im Schoß, der Mann legte seine Unterarme auf den Tisch und schaute mich ernst an.

„Was wollen Sie?"

Mich beschlich das ungute Gefühl, dass Herr Staller etwas Unangenehmes sagen wollte und nach den richtigen Worten suchte.

„Ihre Tochter Sofie hatte in der letzten Nacht einen Unfall." Der Mann sah mich forschend an. „Einen sehr schweren Unfall. Sie ist tot."

Tot? Was meinte er mit tot? Sofie konnte gar

237

nicht tot sein. Sie lebte in Stuttgart, gut fünfhundert Kilometer von hier entfernt. Der Mann irrte sich.

Ich lächelte ihn an und sagte ihm, dass meine Tochter gar nicht hier lebt, sondern in Stuttgart. Sie hatte nicht einmal ein Auto, weil sie blind war und die Stadtbahnen nutzte. Blind. Auto. War Sofie vor ein Auto gelaufen, weil sie sein Kommen nicht gesehen hatte?

„Ich weiß", sagte der Mann. „Sie war zu Fuß unterwegs, als ein Motorrad sie überfuhr. Sie starb noch auf der Straße."

Das sagte er einfach so dahin: „Ihre Tochter ist tot." Punkt.

„Möchten Sie ein Glas Wasser?", erkundigte sich die Frau.

Was soll ich mit Wasser? Jetzt? Jetzt, nachdem der Mann behauptete, Sofie wäre tot. Ich fühlte nichts, gar nichts, was ich mir bis heute nicht erklären kann. Ich saß einfach nur da und betrachtete die Hände des Polizisten, als wäre dort etwas zu sehen, was mir helfen könnte. Aber mir war nicht zu helfen. Vom Kopf aus sackte mein Blut eiskalt durch den Körper bis hinunter an die Füße und ich schaute auf meine Schuhe und erwartete allen Ernstes, dass mein Leben aus mir herauslief.

„Wir haben den Seelsorger informiert. Er wird mit Ihrem Bruder sprechen und Sie begleiten."

„Wohin?"

Frau Schmidt schüttelte den Kopf.

„Der Seelsorger wird so lange bei Ihnen bleiben, bis ein Verwandter zur Stelle ist. Sollen wir jemanden anrufen?"

Wen denn? Ich hatte niemanden. Nur Detlef. Detlef! In meinem Kopf kreisten unzählige Fragen: Wie wird er die Nachricht aufnehmen? Kann er verstehen, dass Sofie gestorben ist? Ist ihm klar, dass wir die Letzten sind, die aus unserer großen Familie übrig bleiben? Kann er verkraften, was ich nicht verkraften kann? Wird er ausrasten und um sich schlagen oder einfach weiter die Kühe streicheln und den Stall ausmisten? Ich muss zu ihm und ihm alles in Ruhe erklären.

Hastig stand ich auf. Das heißt, ich versuchte es. Dann wurde mir schwarz vor Augen und ich fühlte nichts mehr.

Schluss

An meiner linken Brust wächst eine Beule. Sie ist weich und glänzt an den Rändern rot. Zuerst dachte ich, ich hätte mich bei der Arbeit gestoßen. Zur Zeit muss ich in einem Schweinestall mit anpacken, was mir von Tag zu Tag schwerer fällt. So ist das, wenn man langsam alt wird.

Früher war mir keine Arbeit zu schwer, doch jetzt bin ich oft schon am Morgen müde und fühle mich zu schwach, um aufzustehen.

Die Schweine stinken bestialisch. Sie schreien, wenn ich den Stall betrete, weil sie sich nicht an mich gewöhnen können. Sie wollen, dass sie der Bauer füttert und den Stall ausmistet, aber der erholt sich bei einer Kur von einer Operation. Seine Frau kommt mit dem Haus und den vier kleinen Kindern zurecht, doch die Tiere kann sie nicht versorgen.

Aber diese Beule ist nicht außen an der Brust, denn nichts wird wie bei einem Bluterguss blau und rot und violett. Diese Beule ist innen, drin in meiner Brust. Sie ist weich und schmerzt nicht, aber sie wächst. Inzwischen ist sie so groß, dass ich sie nicht mehr in den Büstenhalter quetschen kann, weshalb ich keinen mehr trage. Ohne BH geht es besser. Ich überlege, ob ich die Beule einem Arzt zeigen soll. Bis heute habe ich noch kein einziges Mal einen Arzt aufgesucht, nur, als ich mit den Zwillingen schwanger war. Den Dorfarzt kenne ich nur von den schrecklichen Momenten, wenn er auf den Hof kam, um Totenscheine auszustellen. Ich kann ihn vermutlich deshalb nicht leiden. Wenn die Kinder krank waren, reichte die Gemeindeschwester. Die Kinder …

Mir ist traurig zumute, ich fühle mich elend und allein. Und plötzlich weiß ich, warum. Mir fehlt meine Mutter. Jetzt! Nach mehr als dreißig Jahren. Ich hatte mich immer um andere gekümmert: Vater, Detlef, Georg und unsere fünf Kinder. Ich habe sie umsorgt und getröstet. Mich tröstete niemand. Nicht, als ich ohne meine Mutter aufwachsen musste. Nicht, als mich mein Vater und später Georg schlug. Nicht, als ich ein Kind nach dem anderen verlor. Nicht, als ich ganz allein hier auf dem Hof saß. Im Gegenteil! Die Bank und das Amt machten sich meine Hilflosigkeit zu Nutze.

Am liebsten möchte ich die Zeit zurückdrehen und wieder ein kleines Mädchen sein, meiner Mutter auf den Schoß kriechen und keinen Kummer kennen. Aber ich bin allein und kenne nun die Bedeutung des Wortes: Mutterseelenallein.

Die ganzen vielen Jahre hatte ich nicht an Mutter gedacht, obwohl ich sie so oft gebraucht hätte. Aber es blieb keine Zeit, in Trauer zu versinken und womöglich darin zu ersticken. Es hätte auch nichts genützt, denn die Arbeit tat sich nicht von allein.

Doch jetzt habe ich Zeit, Zeit, mich und mein elendes Leben zu bedauern, die entsetzlich vielen Unglücksfälle in meiner Familie immer und immer wieder zu durchleiden.

*****

Der Arzt tastet meine Brust und die linke Achselhöhle ab und rät dringend zu einer Röntgenuntersuchung.

„Haben Sie in letzter Zeit stark abgenommen? Sie sind zu dünn."

„Ich war schon immer dünn. Schon als Kind. Immer schon."

Der Arzt nickt und fragt, was ich arbeite.

„Ich bin Dorfhelferin und arbeite zur Zeit in einem Schweinestall."

Riecht man das? Hat er deshalb gefragt? Doch dafür muss ich mich nicht rechtfertigen. Es ist wie es ist.

„Ich werde Sie krank schreiben und Ihnen eine Überweisung fürs Brustzentrum Passau mitgeben." Er reicht mir zwei Zettel. „Dort erfahren Sie, ob die Beule gutartig ist oder nicht und welche Behandlung nötig ist."

Ich stecke die Zettel ein. Aber ich habe nicht vor, meine Brust röntgen zu lassen, weil ich keine Behandlung will. Eigentlich hätte ich mir den Weg zum Arzt sparen können. Wenn mir das Schicksal eine Krankheit schickt, habe ich sie zu tragen. Sie gehört zu mir, zu meiner Lebensaufgabe. Bis heute glaube ich, dass es meine Bestimmung ist, Familien in Not zu helfen. Ich helfe gern.

Mir muss niemand helfen, denn ich bin nicht in Not und brauche keine Hilfe. Nicht einmal auf dem Hof. Dort wartet kaum noch Arbeit auf mich, weil es keine Rinder mehr gibt, nur noch sechs Hühner, zwei Katzen und den Hund. Wer sollte sich um die Tiere kümmern, wenn ich im Krankenhaus liege? Nein, ich will mich weder röntgen noch diese Beule herausschneiden lassen. Die Beule ist kein wirkliches Problem für mich, ich habe Schlimmeres erlebt und bin seit Jahren nicht mehr so leicht zu beeindrucken.

Sorgen macht mir der geplante Umbau meines Hofes, der nicht mehr mein Hof ist. Aber ich will nicht davonlaufen. Das wäre feige. Ich will mich der Situation, die ich nicht wollte, nicht einfach entziehen. Obwohl mich keiner nach meiner Meinung fragt, werde bleiben bis alles geklärt ist. Bis ich sicher sein kann, dass es Detlef gut geht. Erst dann kann ich loslassen und mich zurückziehen.

Die Verantwortung für den Hof wurde mir abgenommen, die Verantwortung für mich selbst bleibt mir erhalten. Ich suche nicht die Schuld für mein Leid bei anderen, nicht bei meinem Vater, nicht bei Georg und auch nicht bei der Bank und dem Amt. Mein Schicksal will es so. Es wollte auch die Beule in meiner Brust.

Jetzt, da ich krank bin, ist es nicht mehr nötig, ins Wasser zu gehen. Jetzt regelt mein Körper mein Ableben. Man sucht keinen Grund, um zu gehen, wenn man keinen hat, um zu bleiben. Jetzt bin ich bereit, zu meinen Kindern zu gehen. Ich habe mit der Welt abgeschlossen.

Wir sterben viele Tode,
so lange wir leben,
der letzte ist nicht der bitterste.

Heinrich Wigger

„Verlassen – ohne Worte" ist ein weiterer Roman der Autorin Petra Weise.

Klappentext:
„Du musst es ihr sagen!"
Nicole schaut Torsten ernst und sehr bestimmt in die Augen.
Er schüttelt den Kopf. „Das kann ich nicht."
„Du musst! Deine Frau wird lernen, ohne dich zu leben."
Torsten verlässt seine Frau ohne ein Abschiedswort. Doch er geht nicht zu Nicole. Er fährt ziellos Richtung Süden und lernt unterwegs Menschen kennen, die ebenso wie er ihre Familie verließen.
Schließlich landet er in Österreich und kann dort endlich mit seiner Vergangenheit abschließen.

Sämtliche Titel sind auch als E-Book erhältlich
Außerdem befinden sich mehr als 30 Kurzgeschichten in diversen Anthologien

Petra Weise wurde 1954 in Freiberg/Sachsen geboren und lebt nach zahlreichen Wohnungswechseln durch Hessen und Bayern seit 1993 wieder in ihrer Heimat Sachsen.

Sie liebt das Erzgebirge mit all seinen Traditionen und fühlt sich auch in den Alpen wohl. Wenn sie nicht schreibt oder liest, wandert sie gern durch den Wald, malt oder spielt Klavier.

www.autorinpetraweise.de